わるい食べもの

も

JN030307

わるい食べもの

本文デザイン／川名　潤
挿絵／北澤平祐

はじめに

「おいしい」には裏がある。

おいしいものしか食べたことがない、という人がいたら相当の幸せ者だろう。たいていの人は「おいしい」の裏にある膨大な「まあまあ」や「まずい」や「うまくもまずくもない」を経験して生きている。明らかに健康に良くない変なものをついつい食べてしまうこともある。

だから、食べものについて語るとき、「おいしい」だけでは不十分な気がするのだ。人はそんなきれいな食事だけではできていない。食にまつわる幸福もあれば、トラウマも失敗も恐怖も悲しみも罪悪感もある。少なくとも私はそうだ。

幼い頃の私の口癖は「いや！」と「自分で！」だったそうだ。可愛くない子である。まだ妹はいなかったから、二歳になる前くらいだと思う。目の前に迫ってくるプラスチックのスプーンから顔を背けた記憶がある。そして、保育園の先生に向かって「いや！」と叫んだ。

食べるのが嫌だったわけではなくて、食べさせられるのが嫌だった。自分で、食べたかった。「ほおら、食べましょうねえ」と急《せ》かされるのが不快だった。私は何度も「いや！」と叫んで逃亡した。

よく庭の隅に逃げて、園で飼われていた山羊《やぎ》を眺めた。山羊はのたのたと草を食《は》んでいた。太陽の下、草はまばゆい緑に光っていて、おいしそうに見えた。ちぎって、口に運んだ。味は覚えていないけれど、保育園から帰ってきた私の鼻の中に草がいっぱい詰まっていたことがあったと母は言う。なぜ鼻に入れたのかは謎だ。

「いや！」と、自己主張した辺りから記憶の中の景色は鮮明になっている。「いや！」は一番古い食べものの記憶なので、私の食は嫌いからはじまっている。外のものを受け入れるか否か選択したときから、自我というものが芽生えた気がする。

私はもう大人なので、嫌なことがあっても絶叫することはない。小さい頃と違って、基本的には自分のことは自分でしなくてはいけなくなった。強制されることは減り、自己責任という名のもとに放棄できることも増えた。けれど、食べずに生きていくことはできない。

働き、自分の稼いだお金でものを買い、食べる。そして、生を繋《つな》げる。その中で、おいしかったり、まずかったり、我を忘れたり、つらかったり、ときには飲み込めなかったりする食べものに出会う。

けれど、どんな食べものも自分で選択して口に運んでいる。

その事実に、ときどき胸が震える。

幼い頃、嫌で仕方がなかったのは、選択できないことだった。選択の甘さも苦さも自由の味で、大人になった私はその味を追いかけることが心底楽しい。

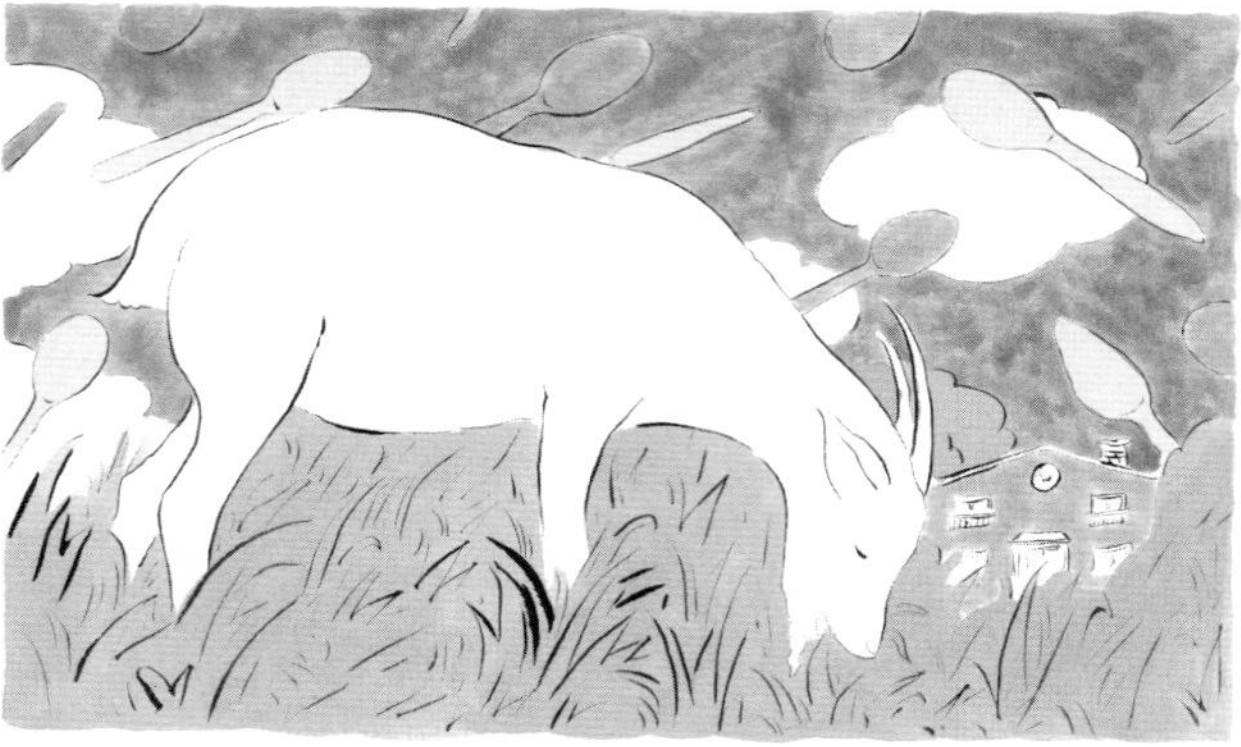

モンバサのウニ

朝、起きてまず思うのは「今日はなに食べよう」だと言うと、ちょっと小馬鹿にした目で見られる。悩みがなさそうだからだろう。

悩みがないことはないけれど、食べたいものを食べられるというのは幸せなことだ。まず健康でなくてはいけないし、自分で好きに使えるお金もいる。大人になって嬉しかったのは食の選択肢が増えたことと、自分の食べるものを自分で決められるという自由だった。

けれど、その自由も幸せも環境が変われば簡単に壊れる。戦争や災害が起きてインフラが崩壊してしまえば、今のように簡単に食料や水や嗜好品《しこうひん》が手に入らなくなるだろう。

三十年ほど前、アフリカのザンビアに住んでいた。私が六歳から十歳くらいまでの話だ。当時は食べられるものが本当に少なかった。現地の人々が食べられても私たちには食べられないものがあったし、基本的に生食は厳禁、水も煮沸しなくては飲めなかった。

私たち家族は首都のルサカに住んでいた。街中だったので市場もスーパーマーケットもあったが、日本の食料はほとんど手に入らなかった。やはり日本食が恋しくなるようで、母は日本からにがりを送ってもらい豆腐を作ったり、日本の米に近いカリフォルニア米を探したりしていた。

つらかったのは魚があまり手に入らないことだった、と両親はよく言う。ザンビアは海のない国だ。川や湖で獲れるカペンタという銀色の小魚を見せられた記憶はあるけれど、味を覚えていないので食べていないのかもしれない。魚があったとしても衛生的に生で食すのは危険だった。刺身が食べたいと親たちは言い、代用品としてアボカドをわさび醤油《じょうゆ》で食べていた。わさびは日本から送ってもらったチューブのもので、やはり貴重なものだった。

私はべつだん困らなかった。若干、潔癖なところがあったので、生ものを食べなくていいのはありがたいくらいだった。日本のお菓子だけが恋しかった。思えば、小学一年生の一学期までしか日本にいなかったので、美味なる和食をたいして知らなかったのだろう。おかかと米と味噌汁《みそしる》があれば、日本食への渇望は満たされた。

あるとき、家族でケニアのモンバサに旅行した。海があるとは聞いていた。アフリカに行くまでは北海道に住んでいたので、私の脳内にある海は岩肌を打つ荒れた灰色の波だった。あとは、ずっと小さい頃に九州の祖父と歩いた、冬の白い砂浜。

モンバサの海はまったく違った。絵具を溶かしたように青く、人々が海水浴を楽しんでいた。水着をあてがわれ、海に入るぞと誘われた。なぜか両親はいきいきとして、声も身振りも大きくなっていた。ビーチを前にするとテンションがあがるという人間の生態を知らなかったので、幼い私は不信感を覚えた。

父と母はどんどん海に入っていく。「おいで、きれいだから。魚が見えるよ、珊瑚《さんご》も」と手招きしている。家のプールで毎日泳いでいたので、泳ぎは得意だった。妹も私も母よりずっと泳げた。けれど、砂浜で足が止まった。海には果てが見えなかったから。

両親は笑い声をあげながら水飛沫《みずしぶき》をとばし、ざぶざぶ泳いでいく。父など、ときおり潜っては姿を消す。その頃の私は不幸な未来を想像する癖があった。もし両親が死んだら「みなしご」になる、という想像が最も頻発したパターンだった。「みなしご」という言葉に妙に惹《ひ》かれていた。そのときも両親は波にさらわれて死ぬかもしれないと思った。ただ、ここに残されるのは嫌だった。家から離れているし、自分だけでは帰れないだろう。ならば一緒に死のうと、意を決して海に近づくと、遠くから青く見えた海は透明に水底をすかしていた。

海の中は極彩色だった。赤やオレンジのイソギンチャクがうねうねと揺れ、色とりどりの小魚が泳ぎ、海藻がただよい、輪郭すら定まらない生物が海底にごろごろいた。そして、海水は肌につくとべたついた。これはただの水ではない、とぞっとした。

恐竜図鑑で見た原始の海を思いだした。アンモナイトや魚竜がうようよいるような。そんなものはいないとしても鮫《さめ》はいるだろう。こんな薄着で生命力あふれる海に入れるかと怯《おび》えていたら、岩陰からウツボが顔をだし、カッと私を威嚇した。半泣きになりながら浜に逃げ帰り、遠くから両親を見つめていた。鮫がきたら叫ぼうと思っていた。

そんな娘の心配も知らず、父は素潜りをくり返していた。やがて「ウニがいるぞ！」と歓喜の声をあげた。現地の人に食べる習慣がなかったのか、無数のウニが海底に転がっていたらしい。「これは食べられるやつだ」「ウニ食べたかったのよ！」と両親は真っ黒いウニを獲ってくると、岩場で殻を割りだした。石でがつんがつん砕き、中腰のまま割れたウニに口をつける。生ものは危険って言ったくせに食べてる！　と私は仰天したが、二人は「ああ、おいしい」「醬油を持ってくれば良かった」と、ずぶ濡《ぬ》れのまま夢中になって貪《むさぼ》っている。長いこと海の幸に飢えていたから欲望が爆発したのだろう、じゅるじゅると割っては食べをくり返していた。

正直、親たちは気がふれてしまったのだと思った。当時はなかった言葉だけれど、「ドン引きした」というのが最も近い心情だろうか。

日本に帰ってから、美術の本であのときの光景にそっくりな絵を見つけた。

――フランシスコ・デ・ゴヤ作『我が子を食らうサトゥルヌス』

スペインの鬼才ゴヤが晩年に描いた、人間の恐怖と狂気の絵である。

私は酒が飲めるようになるまで、生のウニは食べられなかった。

酔いの夜道

職業柄、家にひきこもりがちだ。

もともと家にいるのが大好きで、ずっと家にいられないものか、と悩んだ結果、小説家という職業を目指したところがあるので、ずっと家にいても苦にならない。日がな一日、本棚の前で寝っ転がって過ごすことができる。何日続けても飽きない。

用事がなければまず外にでない。太陽の光を浴びたいとか、人の集まる場所に行きたいとかちっとも思わない。編集者との仕事のやりとりもメールや電話でできてしまう便利な世の中なので、ますますひきこもりがちになる。

外出する理由で一番多いのは食だろうか。食料品の買いだし、そして、外食。

家ごはんも外で食べるごはんも等しく愛しているので、おいしい店があると聞けば必死で仕事を終わらせて食べにいく。食いしん坊の友人が多いので、人と会うときはたいてい食メインでの会合になる。そして、仕事相手には食で釣れば外にでてくるとバレている、おそらく。

外食は夜が多い。食べているときの飲酒は嗜《たしな》む程度で、料理に合うお酒を二種類ほど。お腹《なか》がいっぱいになると、甘いものと濃いお酒を求めて夜道をさまよう。京都の夜はいい感じに暗く、小さく点《とも》った店の灯《あか》りから灯りへとゆっくり歩く。

酔うと、歩きたくなる。昼間だとすぐに家に帰りたくなってしまうのに、夜だといくらでも歩ける気がするのはなぜだろう。街灯の光がにじむように輝いて、靴音が高く響き、家々の排気口から湯と石鹸《せっけん》の香りがもれてくる。昨日の夜道はかすかに金木犀《きんもくせい》の匂いがした。秋の夜はいいね、と連れに言ったが、春も、夏も、骨にしみるような京都の冬も、ほろ酔いで歩く夜道はいい。闇がやわらかい。

歩いていると、殿こと夫はよく「蕎麦《そば》、食べたい」と言いだす。望みのすべてをやけにはっきりと口にする人間なので、夫のことは殿と呼んでいる。織田信長《おだのぶなが》と志村《しむら》けんのバカ殿様を混ぜた感じだと思っていただきたい。すごく酔っていると「ラーメン！」もしくは「かつ丼！」と騒ぐが、言ってみたいだけなのがみえみえだし、食べたら絶対に吐くだろうから無視する。

常識的に酔っているときは蕎麦をやたら所望してくる。けれど、好きな蕎麦屋は麺《めん》がなくなったら終わる営業形態が多いので、夕方にはたいてい閉まっている。殿はチェーン店を好まない。結果、「夜だけやってる蕎麦屋があればいいのにね」と言いながら家に戻って、深夜に蕎麦を茹《ゆ》でることになる。殿が料理人ということもあるが、こと食に関しては面倒臭がらない夫婦だ。

知人のバーテンダーも酔うと蕎麦を食べたくなると言う。もう一人の知人バーテンダーはソフトクリームだと言った。調理関係の知人たちは飲みにでるとぎりぎりまで食べるのか、「なにも食べたくならない」という人が多かった。「むしろ、だしたい」と、なにを思いだしたのかどんよりした顔で言った人もいた。

ちまたでよく聞く「酔うとラーメンが食べたくなる」という人はあんがいまわりにいない。私も食べたくなったことがない。担当T嬢は「酔ってラーメンって、二十代男子の都市伝説じゃないかと思います」と懐疑的だ。そういうT嬢は酔うと「帰宅後に、もずく酢とかめかぶとか食べたくなります」とのこと。なんとなく、腰に手をあててプラスチック容器のもずく酢を一気飲みしている彼女の姿が浮かぶ。

大先輩の女性作家の家に泊めてもらったときは、帰るなり「はい、千早もいるよね」と当たり前のように「ガリガリ君」を勧められた。私の聞いた範囲内では、女性は「酔ったらアイス」派がかなりの数を占めた。もしくはプリンとか生クリーム系の菓子。

私も酔ったらエクレアが食べたくなる。それも、コンビニの。菓子好きが高じて『西洋菓子店プティ・フール』というパティスリーを舞台にした小説を書いたこともある私だが、どんな名店の菓子が家で待っていようとも、このときばかりはコンビニのエクレアがいい。リッチでも本気でもない、ふにゃふにゃのシュー生地にミルクっぽいゆるいカスタードクリームが入ったやつがいい。それを、ごくごく飲むように食べる。

『お菓子と娘』という戦前の歌がある。パリの女の子が二人、エクレアをむしゃむしゃ歩き食べするだけの歌だ。人に笑われてもまるで気にせず街をいく。西條八十《さいじょうやそ》の作詞が好きで、Coccoが歌っているものをよく聴いているのだが、エクレアを食べると、この長閑《のどか》でお茶目な曲がいつも頭に流れる。

素敵な詩なので調べてみて欲しい。女の子と欲望はとてもよく似合う。

夏の終わり、北海道の実家から花咲蟹《はなさきがに》が送られてきたので友人を呼んだ。蟹の身をほじり、網の上で甲羅酒を炙《あぶ》り、殻を焼いて鉄砲汁を作り、雑炊まで食べて、花咲蟹を堪《たん》能《のう》した。片付けもそこそこに、赤らんだ顔で深夜のコンビニに行った。夏への心残りで、エクレアではなくアイスキャンデーに手が伸びた。

アイスをかじりながら夜道を歩いた。ぬるく湿った風がワンピースをふくらませる。家につくまでに食べきれず、公園に行ってみると誰かが一心にブランコをこいでいたので、町内をすこしまわった。歩きながら「おばあちゃんになってもこうやってアイス食べながら歩こうよ」と言うと、友人は「約束する」と力強く笑ってくれた。

やっぱり夜はいい、と思った。いつもよりやわらかくなれる。

生きている卵

演劇を観にいった帰りに、担当T嬢が紙にくるまれた丸いものをくれた。

美術展の土産だと言う。「千早さん、ボスとか、ネーデルラント美術お好きでしたよね。良かったですよ」と目を輝かして話す。行きたかった展覧会だ。不気味な怪物たちが描かれたグッズが話題で、買いにいかねばと思っていた。

T嬢とはデビューした頃からの付き合いだ。知的で、面白くて、いい感じで変な男前美女である。私の趣味をわかっているなあ、流石《さすが》だT嬢よ、と嬉々《きき》として紙包みを解くと、陶器製のエッグスタンドがでてきた。

なぜエッグスタンドなのか。ミュージアムショップに売っているものって、ふつうペンとかマグネットとかファイルとかだろう。梱包《こんぽう》の具合からスノードームだと早合点していた私は少々面食らった。

エッグスタンドには、おそらくブリューゲル作であろう、股《また》が人面の怪物が、ナイフの刺さった卵らしきものを足で掲げ、苦悶《くもん》の表情で呻《うめ》いている絵がプリントされている。

文字で描写するのがすごく難しいのだが、愉快な絵ではない。怪物の毛髪のダメージ具合まで伝わってくるリアルな絵である。体勢がつらいのか、卵から垂れてくる液体が気持ち悪いのか、怪物はとても苦しそうだ。

ブリューゲルは確かに好きだ。けれど、このエッグスタンドを使ったら、怪物の呪いで卵の黄身が緑になりそうな気がする。

まあ、それも一興と喜んで頂戴《ちょうだい》し、帰り道で昔のことを思いだした。

小さい頃、卵は孵《かえ》るものだと思っていた。

食材は死んだもので、腐ることはあるけれど、いきなり動いたりはしない。けれど、卵の殻の中には生きたなにかがいて、現在進行形でぬるりぬるりと変化を続けている気がした。

だから、卵のパックが無造作に置かれていたりすると気が気ではなかった。冷やせば変化を止められると思っていたので、母との買い物の帰りなどは、早く早く冷蔵庫にしまってとじわじわ嫌な汗をかいていた。

魚卵の類《たぐい》は平気だった。中がかすかに透けて見えるからか。

卵の、中と外を隔てる殻が、どうもいけない。想像力をかきたててしまう。

調理されてしまえば、どうということもなかった。卵焼き、茶碗蒸《ちゃわんむ》し、オムレツ、プリン、ホットケーキ……こうばしく、ふんわりした卵の香りは大好きだった。

でも、生卵は駄目だった。なにかの小説で産みたての生卵に穴をあけてちゅうちゅうと吸う場面があり、気が遠くなったことを覚えている。半熟卵も信用できなかった。ゆるいスクランブルエッグも半熟の目玉焼きもそっと電子レンジで加熱して、爆発させては叱られていた。

要するに、卵を確実に殺して欲しかった。殻を割り、白身と黄身をかき混ぜて、熱を加えて凝固させてしまえば、卵の中に宿ったなにかは死ぬと思っていた。半熟ではまだ息があるかもしれないと疑った。


私は小学生時代の大半をアフリカで暮らしている。当時のアフリカでは生ものが食べられなかったので、卵かけご飯や温泉玉子といった生っぽい卵に馴染《なじ》みがなかった。

アフリカの家にはプールつきの広大な庭があって、私は放し飼いの番犬たちと毎日、庭の散歩をした。我が家が特別に裕福だったわけではなく、その頃は家族連れの海外駐在員は治安の関係上、防犯設備のある高級住宅地に住む必要があった。

アフリカでは鶏以外の卵をよく見た。カメレオンや蛇などが這《は》っているような庭なので、小さなトカゲもたくさんいた。犬たちは爬虫類《はちゅうるい》を狩っては自慢げに死骸を持ってきた。トカゲたちは卵を隠した。木のうろや、生い茂った草の根元、金網の陰、使っていないドアの窪《くぼ》みに丸い卵たちを見つけたこともある。しばらく経つと卵は消えた。孵ったばかりの小さなトカゲが殻を飲み込むのを見たときは嬉しくて、誰にも話さず自分だけの秘密にした。

虫もたくさん卵を産んだ。虫は怖いものだった。マラリアを媒介する蚊もいたし、眠り病をおこすツェツェバエという蠅《はえ》もいた。犬たちの耳の肉を喰《く》う憎々しい蠅もいた。洗濯物は虫が卵を産みつけるので、ネットをかけて干して、アイロンの熱で殺菌しなくてはいけなかった。一度、裏口のドアに虫がびっしりと卵を産みつけ、恐怖のあまりしばらく近づけなくなった。

卵は神秘的な生き物だった。

体の中に生き物を入れるのは恐ろしい。子どもの頃、果物の種を呑《の》み込んでしまい「芽がでるよ」と大人にからかわれたことはないだろうか。私はある。不安で眠れなくなった。

生卵を恐れる感覚はそれに近い。「大丈夫よ」と笑われても、どうして大丈夫なのかを知るまでは体は異物を受け入れてくれない。

エッグスタンドに卵がのってやってくると、ロシアンルーレットのような気分になった。殻を割るまで中がわからない。割ったら完食しなくてはいけない。スプーンをさし込んだ瞬間、黄色い液体がどろりと殻をつたって落ちていく。幼い私は硬直し、食卓に独り残されたまま、黄身の表面が乾いていくのをじっと待った。

いまでこそ、こうやって文章にできるけれど、小さい頃は食べたくない理由を説明できなかった。食べものに対して「気持ち悪い」と言えば、怒られることはわかっていた。そして、食卓にでたものは残してはいけなかった。子どもってつらい。

もらったエッグスタンドの苦悶する怪物は、幼い私の心の裡《うち》をあらわしているようで、気に入って飾っている。

ちなみに、図録で調べてみたら、『七つの大罪』シリーズの『邪淫《じゃいん》』に描かれている怪物だった。なんともいえない気分になった。

白い悪魔

友人たちと集まって子どもの頃の話をすると、ときどき学校給食の話題になる。校内で作っていたからおいしかったという人もいれば、好き嫌いが多くてずっと机に取り残されつらかったという人もいる。いま三十代くらいの世代までは、食べ残しに対して学校側が厳しい態度で臨んでいたような印象を受ける。

それでも、過ぎたことだからか、みんなわりと楽しそうに語る。ソフト麺や冷凍みかん、きなこ揚げパンなど、給食ならではの食べものを列挙する。年配の方だと、くじら肉の竜田揚げというめずらしいものもあがる。

けれど、私の脳裏に浮かぶのは、もやもやと陽炎《かげろう》のたつ熱いアスファルトの上にひろがる白い水たまりだけだ。晴れわたった空から暴力的な太陽が降りそそぐ。視点は低く、私は道路に膝をついている。全身は冷や汗でびっしょりで、背中がランドセルで蒸れて気持ちが悪い。

その感覚をまざまざと思いだし、給食について語る言葉を失《な》くす。

そもそも、私が学校給食のお世話になった期間はとても短い。小学生の大半はアフリカにいてアメリカンスクールに通っていたからだ。アメリカンスクールは各自弁当持参だった。おやつの時間もあった。いろんな国の子がいたが、ほとんどがハムやチーズを適当に挟んだサンドイッチや林檎《りんご》を丸ごと一個、ランチボックスに入れた簡単なものだったので、日本風のおかずと米がきっちり詰められた弁当箱はめずらしがられた。ゆかりのおにぎりを「パープル・ライスボール！」と欲しがられ、毎日のようにテディベアのグミやサモサなんかと交換していた。

日本に帰ったのは小学校高学年のとき。学校給食の配膳はキャンプのようで楽しかったが、驚いたのは主食がパンであろうがご飯であろうが冷たい牛乳がつくことだった。宮崎と鹿児島の小学校を体験したが、どちらでも牛乳がでてきた。学校給食では全国的に牛乳が推奨されていたのだから当たり前のことなのだが、私はこのメニューにどうしても納得がいかなかった。

パンならまだしも、ご飯に冷たい牛乳は合わない。温かくても合わない。麺類にだって合わない。給食以外の食事でご飯に牛乳が添えられていることなんかないのに、どうして給食だけが当たり前のように牛乳がついてくるのか。そもそも、なぜシチューなどに加工してくれず、パックのままなのか。ヨーグルトでは駄目なのか。毎日、毎日、牛乳。いったい誰がそんなに牛乳好きだっていうのだろう。

私はあまり牛乳が好きではなかった。砂糖や蜂蜜《はちみつ》の甘さをつけて、チャイやココアにしないと飲めなかった。牛乳の甘くもしょっぱくもない、味がないようでいて、妙にコクがある感じがどうも苦手だ。付着すると強烈に臭いところに不信感が募る。

字面も良くない。牛の乳。乳という字が薄気味悪い。乳なんて赤ん坊の飲むものじゃないか。おまけに牛のだ。透明感のないのっぺりした白さにも恐怖を感じた。

生の卵が苦手だったことは以前に書いたが、生の牛乳に対しても似たような感情を持っていた。両方とも、命の気配が強すぎる食材だと思っていた。

幸運なことに、担任は食べ残しを厳格に禁止するタイプではなかった。私は牛乳を残し続けた。ただ、憂鬱《ゆううつ》だったのは、残すものはすべて汁物用の一番大きな容器に入れなくてはいけないことだった。牛乳パックは折りたたまれたかたちで回収される。なので、私は毎食後、私の胴より大きな円筒形の汁物容器の横で、べこべこと牛乳パックを潰しながら、小便小僧のように牛乳が描く放物線を眺めていた。ちぎれた麺や齧《かじ》りかけの人参《にんじん》、黒ずんだ青物が汁物に浮かんでいる。そこに牛乳をちょろちょろとそそぐ。白いマーブル模様ができて、汁物のせいでぬくまった牛乳がもわっと臭《にお》う。吐き気が込みあげる。誰かが食べ残したものを乱暴に投げ入れ、残飯の汁が私の制服に飛ぶ。牛乳の臭いは取れないのに……と絶望する。

給食当番のときがまた最悪で、集めた残飯を運ばなければいけない。全校生徒分の残飯はものすごい量で、地獄の釜とはこのことかと思った。噂《うわさ》で豚の餌《えさ》にすると聞いた。酢豚の日など共食いにならないのかと複雑な気分になった。自分のクラスの分の残飯を大釜にそそぐとき、必ずといっていいほど汁が飛ぶ。上履きや袖を汚し、残飯の臭いにえずきながら教室に帰ると、昼休みを楽しむ気力などなくなっていた。

残飯に混じった牛乳の臭いがどうしても駄目だった。吐き気を抑えることができない。食べものは口に入れるものであって、吐くものではない。食べものに吐き気をもよおさせられることがひどく不本意だった。それでも、牛乳は毎日やってきた。私は毎日、自分に牛乳を飲ませようとする顔もわからぬ偉い大人を憎んだ。

牛乳だけが特別扱いされている気がした。なぜなら給食がない土曜日でも、帰りのホームルームの時間に牛乳だけは配られたから。この日は残飯入れがないので残せない。朝から水を一滴もとらないようにして、喉《のど》の渇きで無理やり牛乳を飲んだ。

その頃住んでいた家は遠かった。畑や田んぼが続く平野を抜け、小ぶりな山を越え、三十分以上は歩かねばならなかった。変質者がでたことがあったので、いつも近所の子たちと数人で帰った。

夏休み前の土曜日、切腹するような気持ちで冷たい牛乳を一気飲みした。校庭に逃げ水が見えるほど暑い日だった。その日に限って、一緒に帰る子の一人が遅い。校門をでたときには私たち以外の生徒はほとんど見当たらなかった。空っぽの胃の中で牛乳がぐるぐると唸《うな》っていた。気持ちが悪くて黙って歩く。でも、黙っているとどんどん気持ち悪さは増した。汗が噴きだす。強い日差しで視界が真っ白だ。真っ白。牛乳が浮かんだ。気がついたら、私はアスファルトに膝をついて吐いていた。

吐いたものは真っ白だった。飲んだときよりどろりとしていた。吐いたショックで泣きそうになる。吐いた液体をどうしたらいいかわからない。狼狽《ろうばい》していると、耳元でブウンと翅虫《はむし》の音がした。私が吐いた牛乳にもう蠅がたかりはじめていた。

あの後どうしたのかよく覚えていない。おそらく逃げたのだと思う。親にも言わなかったはずだ。恥ずかしかったし、子どもの頃は吐くという行為はとても恐ろしいことだった。

給食があった時期、毎日どう牛乳をクリアするかばかり考えていた。どうやったら牛乳の臭いを嗅がないで済むか、どうやったら牛乳を見ずに、こぼさずに捨てられるか。そのせいで他の食べものの記憶はほぼない。

牛乳はいまだに避けている。違う出会い方をしていたら愛せただろうかと、ときどき思う。

蜂蜜レモン

冷蔵庫に欠かせないもののひとつにレモンの蜂蜜漬けがある。糠床《ぬかどこ》や梅仕事のように手間がかかるものではない。レモンの表面を粗塩でこすり洗い、輪切りにしたものに、蜂蜜をたっぷりそそぐだけ。

いつもガラス瓶に作り、琥珀色《こはくいろ》の液体にレモンの汁がしみだして、ゆっくりともやができるのを眺める。蜂蜜がしゃばしゃばになったらできあがり。蜂蜜のほうはヨーグルトやパンやホットケーキにかける。レモンは紅茶に浮かべたり、炭酸水やお酒に入れたりして使う。必ずといっていいほど、毎日、口にしている。

レモンの酸味は飽きない。明るい黄色もなんだか元気がでる。

緑色のレモンも好きだけれど、ついつい黄色を選んでしまう。黄色といえば、一番好きな果物の黄色は日向夏《ひゅうがなつ》。レモンよりほんのすこし淡く、光を吸い込んだような澄んだ黄色をしている。春の終わりの、緑のきれいな頃に出会うせいか、若々しい印象の果物だ。

頭の中のレモン色は日向夏の色だ。レモンの酸味を感じるとその色が浮かぶ。

思考がクリアになりそうな気がして、ついついレモンを求める。

蜂蜜レモンを常備するようになってから、ほとんど風邪をひかなくなった。ビタミンCのおかげか肌荒れも確実に減った。

これはいい、と冬も夏もレモンを摂取しているが、十代の頃はレモンが苦手だった。耐えられないというほどでもなかったが、柑橘《かんきつ》の酸味を感じるとなぜか顔が火照《ほて》り、小鼻のまわりに汗をかいた。

特に中学の頃がひどかったように思う。当時は宮崎に住んでいた祖母が存命で、正月になると親戚一同が祖母の家に集まった。

宮崎は柑橘王国である。蜜柑《みかん》だけにとどまらず、金柑、ポンカン、文旦《ぶんたん》、デコポン、名産の日向夏に、へべすなんていう柑橘もある。蜜柑やオレンジもいろいろな種類があるようだ。

こたつに入っていると、とにかく柑橘を勧められる。風邪をひかないようにと、ほらビタミンだ水分だ、食べろ食べろと強要される。大人は健康であることに意識的だ。でも、子どもは「風邪ひいて学校休めたらラッキー」くらいにしか思っていないので、健康にそこまで興味はない。少なくとも私はそうだった。天邪鬼《あまのじゃく》だったので、強く勧められると食べたくなくなる。結果、「体にいい」とされる食べもの全般に抵抗が生まれた。

断りきれず柑橘を食べると、顔が火照って汗がでる。熱があるのか、と心配される。

どうもないとわかると、頬が赤いことを「子猿みたい」と笑われる。親戚みんなに見られる。

思春期の私にとって正月は柑橘苦行だった。好きになれるはずがない。

それが二十代になり、一人暮らしをはじめるようになると、いつの間にか柑橘を食べても汗をかかないようになっていた。柑橘で羞恥《しゅうち》を感じていたこともすっかり忘れていた。先日、飲み会でレモンのかかった揚げ物を口にした女性が汗を拭いているのを見て思いだしたくらいだ。

今は柑橘の類がとても好きだ。グレープフルーツの房剝《む》きに執念を燃やすし、今年の夏の終わりはすだちご飯に夢中だった。すだちご飯とは、あたたかいご飯に削り節をのせて、甘めの醬油をまわしかけ、すだちを搾《しぼ》っただけのもの。簡単にできて、食欲がなくてもどんどん食べられる残暑にぴったりの簡単料理だ。

いつ味覚が変わったのだろうと思う。

コーヒーを飲めるか飲めないかが大人と子どもの境界線のように言われがちだが、飲める人はいつ飲めるようになったか、その瞬間を覚えているのだろうか。わさびはいつから平気になったのか。麵類に七味唐辛子をかけるようになったのはいつか。

小さい頃は食べられないものがたくさんあったはずなのに、気がついたら食べられるようになっている。辛味や苦味や酸味を旨《うま》みと捉えられるようになる。激辛料理に挑戦したり、臭いチーズをワインに合うと言ってみたり、旬の野菜の渋味が体をきれいにしてくれるような気分になったりと、大人食に酔うことを覚える。

たくさんの料理や食材を楽しめると世界は広がる。

けれど、新しい味覚を得た代わりに、自分だけの隠れ家のような小さな世界を失ったのではないかとさみしいような気分になる。

嫌いだったものが、大好きになることはまれだ。「食べられるようになる」ということは、嫌いな部分が気にならなくなるということだ。鈍感になっただけかもしれない。酒に酔ったときのどうしようもない鈍さを思うと、ときどき不安になる。

新しい食べものに対する恐怖心や期待は確かに減っている。ひんやりしたショーケースに顔を近づけて、はじめて自分でケーキを選んだときの昂奮《こうふん》と感動はもう戻ってはこない。

それればかりが理由ではないけれど、日記にはよく食べたものを書く。なにを見て、なにを食べ、なにを思ったか。その日、確かに存在している自分を記録しておく。味覚も感覚も変わっていってしまうから。

どんな小さなことも忘れたくないし、なかったことにしたくない。無理だとは知っていても。

小説家という仕事も似たようなところがある。今、自分が見て、感じている世界を物語のかたちに変えて残しておこうとする。

今日もやかんを火にかけて、マグカップに蜂蜜漬けのレモンを一枚落とす。湯をそそいで、パソコンの前に座る。

甘酸っぱいレモンの香りが頭をすっきりさせていく。深呼吸をひとつ。

とりこぼさないように、できるだけ正確な言葉を探して、ゆっくりと物語をつむぐ。

カレーパン征服

生まれてはじめて、おやしらずを抜いた。

左顎下に眠るように横たわっている埋もれ歯だった。ふだんは姿も見えずおとなしいが、宿主（私）の体調が悪くなったり、疲労が溜《た》まったりすると、むくむくと腫《は》れる。なので、長いあいだ健康のバロメーターにしていた。口腔《こうこう》の左奥が熱くなりはじめると、とりあえず仕事や外泊を一旦やめて休息を取るという具合に。

けれど、だんだんと腫れる間隔が短くなってきた。出張が続いたり締切が重なったりする忙しい時期に、ずくんずくんと痛んでくると、勘弁してくれよと泣きたくなった。

そして、ついに夏の終わり、頭痛を伴う大腫れが起きてしまった。一度痛みだすとねちっこくしつこい。商売道具である眼球の奥まで地味に疼《うず》く。数日間まったく仕事にならなかった。「次の炎症はもっとひどくなります。そういうものです」と歯科医に予言され、おやしらずと別れる決心をした。私のおやしらずは顎の太い神経に触れているため、総合病院の口腔《こうくう》外科を紹介された。「手術です」と言われ、手術というたいそうな響きに内心びびったが、遅い夏休みのつもりで一週間だけ仕事を休むことにした。

　昼過ぎからの手術だった。午前中どうにも手持ち無沙汰で、豚汁を作ることにした。土まみれの里芋を洗い、ひとつひとつ剝いて、下茹でする。雪平鍋《ゆきひらなべ》の底に沈んだ里芋の、薄灰色がかった白さを眺めていたら気分が落ち着いてきた。鍋いっぱいの豚汁を残して家をでた。

　これでもかと麻酔を打たれ、作業は開始された。手術なのに作業と思ってしまうのは、どう見ても人体に使うとは思えない器具が並んでいるからだ。心臓がばくばくしてきて慌てて手をあげてストップをかけたが、「麻酔に含まれる血管収縮薬のせいで血圧があがり動悸《どうき》がすることがあるんですよ」と口をあけるよう促される。「目を閉じていてくださいね」と釘《くぎ》を刺された。「かけらが飛ぶことがあるので」と水色のシートを顔に貼られる。

　かけら？　と思ったときには後の祭りで、二十分ほどでおやしらずは抜かれた。見えなかったけれど、抜くという感じではなかった。歯茎をすうっと切られ、バキバキッと歯を砕かれ、骨を削られ、えぐり取られ、縫われた感触が麻酔ごしにぼんやりと伝わってきた。

　はじめて見た自分のおやしらずは、ばらばらの血塗《ちまみ》れで、銀色の平皿にのせられていた。血は新鮮な色をしていた。

家に帰ると、異様な空腹を覚えた。血を失ったからかもしれない。止血のために脱脂綿を噛《か》んでいたけれど、口の中は血と唾液であふれ、赤いあぶくを吐き続けていた。ひとまず横になり少し眠った。

口内の不快感で目が覚めた。熱い、すごい血の味がする。脈拍と一緒にどむどむ痛む。血の味は嫌いじゃなかった。ブーダンノワールもユッケも馬刺しもタルタルステーキも好きだし、肉はレア気味で焼いて欲しい生肉大好き人間だ。

けれど、そのときの血の味はまったく違った。格段に生々しい。そして、もったりと重い。胃の底で凝固した血液を想像すると、吐き気が込みあげた。込みあげる腹の空気すら血の臭いがする気がした。

いままで自分が好んできたのは、死んだ生物の血の味だったのだと思い知った。生体から流れだす血の味を愉《たの》しめるほど、私の味覚も体も生命力も強靭《きょうじん》ではないのだと、負けたような気分で寝室をでた。

料理人である殿に、血の味がつらいことが悔しいと訴える。「千早がふだん食べているのは血抜きした肉なんだから当たり前。もし人間が血の味を好むのだったら、そういう料理がたくさん存在しているはずだよ」と、妙な慰めを受けた。

ちょうど夕飯どきで、殿は豚汁をよそっていた。生姜《しょうが》と味噌と根菜の入り混じった香り、具だくさんの汁に浮く透明な豚肉の脂。腹が鳴ったが、濃い血の味と激しい痛みが気になって口を動かしてものを食べるのが怖い。

ふと、一時期同居をしていた友人が抜歯後に肝煮と焼き鳥を貪り食っていたことを思いだした。妹は抜歯直後にケンタッキーに駆け込んでいた。狂気の沙汰だな、と思いながら、左顎を冷やし林檎ジュースをちびちびと飲んだ。

それから数日、熱と痛みに苦しめられた。冷却ジェルシートは四時間でカピカピになり、鎮痛剤は足りなくなり病院にもらいに行った。口が二センチしかひらかないので、主に粥《かゆ》、果汁、甘酒、ヨーグルト、プリン、ムースなどを食べて過ごした。どれも好きなものばかりだったし、殿が作ってくれた玉ねぎとトウモロコシのすりながしはしみじみ美味《おい》しかった。

でも、殿がニンニクのきいた豚バラ丼なんかを食べていると羨ましくて眩暈《めまい》がした。焼き餃子《ギョーザ》、生姜焼き、麻婆豆腐《マーボーどうふ》、レバニラ炒《いた》め、青椒肉絲《チンジャオロースー》、回鍋肉《ホイコーロー》……治ったら食べたいもののリストを作ってしのいだ。中華が多い。炊きたての白ご飯と一緒にかっこむのに最適な料理ばかりだ。ああ、かっこみたい。

一週間が経った。熱はひいていたが、まだ腫れと痛みは残っていた。

「俺、昼はカレーにしようかな」と、仕事に行く前の殿が冷凍庫からストックカレーを取りだした瞬間に、脳内がカレー色に染まった。

カレーがどうしても食べたい。しかし、カレーライスをクリアする自信はない。家を飛びだすと近所のチェーン店のパン屋へ入った。カレーパンをトレイにのせてレジへと急ぐ。

パンは網で炙ると、焼き目が芳《こう》ばしくパリッと仕上がる。せっかくなら美味しくいただきたい。はやる気持ちを抑えてカレーパンを網にのせ、コンロの上に置く。中心のカレー部分もしっかり温めたいから弱火で。衣がちりちりと音をたてるとひっくり返し、時間をかけて焦げ目をつけていく。ようやく皿に移すと、ナイフとフォークで小さく切り刻み、口に運んだ。

一週間ぶりの固形物だった。さくさくした衣とスパイスと肉の旨み、しみだす油。なんだこれは、とぶるっと震えた。一心不乱にちまちまと切っては口に押し込み、平らげてしまうと、胃袋ではない部分が多幸感で満たされていた。

これは征服欲だと思った。

歯を使って食べることは、食べものを打ち負かし支配することだ。

ただ、ひさびさの油に胃がびっくりしたせいかお腹を壊してしまった。なんの栄養にもなっていない。けれど、生きる力を取り戻したように、傷はどんどん快方に向かった。安静より欲望を優先させて肉を食べた友人や妹は正しかったのだ。人間は少々無理をしてでも、食べたいものを食べるほうが絶対にいいと悟った。

そういえば、おやしらずを抜くかどうか担当T嬢に相談したとき、「それでエッセイ一本書けますよ」と言われた。まんまと彼女の策にはまっている気がする。

エーデルワイス

十月の中頃、広島へ小旅行をした。長年の友人M子と一緒に。

広島には『男ともだち』という長編小説を書いていたときに取材で行ったことがあった。プライベートでも一度。どちらのときも原爆ドームには立ち寄った。路面電車を降りるとすぐに見える。緑に囲まれて、静かに立っている。原爆ドームをぐるりとまわると、平和記念公園をゆっくりと歩く。今回の旅もそうした。

宮島《みやじま》に渡り、穴子や牡蠣《かき》を食べた。大きな川と路面電車のある街が好きだ。それに加えて広島には海がある。海に面したホテルに泊まり、夜の海を眺めながらカーテンを開けたまま眠って、透明な朝日で目覚めた。M子も私もずっと海ばかり見つめていた。

二日目は呉《くれ》に向かった。昔は軍港だった街を見てみたいと思った。そして、SNSで知り合った女性が呉に住んでいるというので足を延ばしてみた。

私はSNSで知らない人と積極的に関わることはほとんどしない。けれど、その女性とは菓子の話題などでときどき言葉を交わしていた。文章ににじむ誠実さと真面目さになんとなく好感を抱いていた。

電車を降りると、空は灰色だった。細い雨が降っている。駅をでて呉港のほうへ歩きだすと、すぐに巨大な船と海上自衛隊の基地が見えた。鈍い色の景色が雨に濡れ、心なしか海の色も重く見えた。いくつか博物館を見て、実際に使われていた潜水艦に入った。狭い艦内に取りつけられたベッドや海上を偵察する潜望鏡、計器がずらりと並ぶ操縦席。私のジャケットがミリタリーカラーだったこともあり、艦長ごっこをしたり、潜水艦を操縦している体《てい》で写真を撮ったりしてひとしきり遊んだ。

雨が止む気配がなかったので、呉に住む女性と連絡を取り、お茶をしようという話になった。いろいろ勧めてもらった店から『エーデルワイス』という洋菓子店を選んだ。四十年以上続く老舗《しにせ》だそうで、石造りのレトロな外観だった。二階が喫茶室になっている。地元の人らしきスーツを着た男性や買い物帰りの女性がつぎつぎにやってきては、ショーケースを覗《のぞ》きケーキを買っていく。ほとんどの人がスタンプカードを持っている。

先に喫茶室に入り、待った。木目調の壁が雨の音をやわらかく遠ざけている。SNSで言葉を交わしてはいても初対面だ。わずかに緊張していた。やがて、黒髪の若い女性が手に紙袋を持って階段をあがってきた。肩がすこし濡れている。はじめまして、と挨拶をして、紅茶を頼む。ポットになみなみと淹《い》れられた紅茶はあたたかく、とても美味しかった。勧められた名物のクリームパイは生クリームとカスタードクリームとパイ生地だけのシンプルな菓子だった。ほのかに塩気のあるパイ生地と優しいクリームの相性が良く、いくらでも食べられそうだ。彼女も同じものを食べた。「おいしいですね」と言い合うと空気が和んだ。

紅茶をすすり、ケーキをすこしずつけずりながら、いろいろな話をした。彼女は私の本をぜんぶ読んでくれていた。そして、自分ばかりが一方的に知っているのも悪いからと、自分のことも話してくれた。

彼女の夫は自衛官だった。呉の海上自衛隊にいて、最近は情勢が不安定なため家を空けていることが多いそうだ。いつ帰ってくるかはわからないんです、と彼女は落ち着いた声で言った。連絡は一日に二回、自衛隊を通してメッセージが伝えられるだけだという。言葉を選んで、丁寧に話す人だった。不安ですよね、と私は馬鹿みたいな質問をしてしまった。

昔の軍港なんかではなかった。いつ、軍港になるかわからない街に住んでいる人を目の前にして、私はうまく言葉を見つけられなくなっていた。さっきまで潜水艦ではしゃいでいた自分が恥ずかしかった。

戦争になったら、と思った。いま一緒にお茶を飲んでいるこの人の、大切な人が戦地へ行くのだ。甘いケーキを口に運ぶ彼女の笑顔は消えるだろう。

不安も心配もあるけれど一番悲しくてつらいのは多くの人が「戦争がはじまったら行くのは自衛隊だ」と他人事《ひとごと》のように考えていることです、と彼女は言う。「行くのは自衛隊でしょ」という言葉は、自衛隊なら死んでもいい、怪我《けが》をしてもいい、人を殺してもいいというように聞こえてしまうときがある。もし、夫が死んだり、心身共に傷ついたり、誰かを殺《あや》めたら、と彼女は言葉を切った。

国が戦争をはじめたら、誰かが人を殺しに行かなくてはいけない。国で待つ大切な誰かのために自分を犠牲にしなくてはいけなくなる。

たとえば、このあたたかい喫茶室からひとりだけ外へでるように。冷たい雨でずぶ濡れになりながら、知らない街をみんなのための傘を求めてさまよう。そんなことをしてくれとは言えない。大切な人も、はじめて会った優しい人も、これから出会う人も、知り合わずに生きていく人も、誰も不条理に雨に濡れて欲しくない。

私は小説家だから、伝えたいことは物語で描かなくてはいけないと思っている。自分の経験を言葉にすることはあっても、政治に意見したり世論に言及したりすることはなるべく避けてきた。でも戦争は遠い話ではなく、半径数メートル以内の世界のことなのだと肌で知った。

紅茶をお代わりして、電車の時間ぎりぎりまで喋《しゃべ》った。雨の中、彼女はタクシーをつかまえてくれ、ずっしりと重い紙袋をお土産だと渡してくれた。紙袋の中には呉のお菓子と、私が食べたがっていた呉名物の菓子パンがたくさん入っていた。見送る彼女が夕闇にまぎれてしまうまで見つめた。

広島駅へと向かう電車は学生や通勤客でいっぱいだった。向かいの男子学生がハンバーガーを頬張っていた。通路を挟んだ隣の女性は、膝の上で菓子の袋を大切そうに抱いていた。この車両のひとりひとりに物語があるのだろうと思いながら、喫茶室から持ち帰った砂糖の包み紙を眺めた。エーデルワイスの花の絵が印刷されている。

小さい頃に観た『サウンド・オブ・ミュージック』という映画を思いだした。第二次世界大戦前夜のオーストリアに住むある家族の物語。ラストで、一家はナチスに占領されつつあるオーストリアを捨て、山を越えスイスへ亡命しようとする。元海軍大佐であった父親が祖国への愛を捨てきれず涙まじり歌うのが「エーデルワイス」という曲だった。好きというほどでもなかった映画の、切なく美しい曲がまざまざとよみがえり、愛国者である彼の、身を切られるようなつらさと、それでも平和を求め家族と逃げようとした意志がはじめて胸に迫った。

人間には想像するという他の動物にはない能力があるのに、どうして手が届く距離まで近づかないと想像できないのだろう。気づいて必死に手を伸ばしても、人ひとりの力はとてもとても小さい。

喫茶室での時間はまるで恩寵《おんちょう》のようだった。

花の包み紙は捨てられず、手帳に挟んでいる。どことなく甘いクリームのにおいがして、その優しさにほんのすこし息が苦しくなる。

嘘つきの大人

ものごころついた頃から疑問に思っていたことがある。

人間はたくさんのものを食べ過ぎではないのか。野菜も果物も肉も魚も、本当にそんなに多くの種類を食べなくてはいけないのか。パンダは笹《ささ》しか食べないし、オオカミは肉だけ、絵本の挿絵のチンパンジーはたいがいバナナを持っている。人間だけがいろんなものを食べなくてはいけないのはおかしくないだろうか。

そんなことを、食べられないものを前にして考えていた。食べなくてもいい、という結論をなんとか捻《ひね》りだそうとしていた。ぶつぶつと毛穴をたてている鶏皮《とりかわ》など、どうして食べなくてはいけないのか本当にわからなかった。なにを言ったとて、食卓の上にだされたものは食べなくてはいけないのが我が家のルールだった。我慢して飲み込めばいいのに、私は頑固で諦めが悪かった。

食卓に取り残され、じっとりと皿を見つめている私に母は言った。

「それ食べたらきれいになるよ。体にいいものはね、ちょっと食べにくいの」

今なら眉唾ものだとわかるのだが、幼い私は信じて食べた。「きれい」とはなにかも、きれいになることのメリットもわからなかったが、なんとなく未来への希望を感じた。ただの日常の苦しみが、試練めいたものに感じられ、物語の主人公になったような心地がした。

「きれいになるよ」作戦がうまくいったので、母は味をしめたようだった。料理が中途半端に残ると、「これぜんぶ食べたらきれいになるよ」と言うようになった。妹はさめた目で見ていたが、私は「ならば挑もう」と満腹でもがんばって食べた。

結果、そこそこなんでも食べられるように育ったが、特にきれいにはならなかった。小学校高学年くらいになると、野菜が食べられなくても髪も肌もつやつやの可愛い子がいることを知った。そもそも、保育園時代の将来の夢が『長靴をはいた猫』の賢い猫やスパイだった私が求めていたのは「かっこよさ」であり、決して「きれいさ」ではなかったことにも気づいた。まあ、きれいだったらきれいに越したことはないのだけれど。

大人は嘘《うそ》つきだと思った。「食卓に座ったらお尻が腐るよ！　見せてごらん。わあっ！　色が変わってきた……」と迫真の演技で母に言われ、大泣きしたこともあった。未熟で無知な私は大人に騙《だま》されてばかりだった。「嘘つき」と責めると、「人が本当のことを言うとは限らないのよ」と平然と返された。家と外では顔も言うことも違う。大人はいいかげんだ、とますます憎くなった。

大人になった今ならわかる。早く後片付けをしたいのに子どもがいつまでも食卓にいたら困るし、話を盛ってでも言うことをきかせなくてはいけない場面もある。いま子どもに嘘つきだのいいかげんだの言われたら、「大人は忙しいんだよ！　小さいことに構っていられるか、馬鹿野郎め！」と思うだろう。

小学校高学年あたりで帰国し、なにかのきっかけで『美味《おい》しんぼ』を読んだ。誰もが知っているグルメ漫画だが、はじめて読んだときは食べものよりも海原雄山《かいばらゆうざん》に度肝を抜かれた。食通の芸術家という設定なのだが、ちょっとでも口に合わない料理がでてくると、膳をひっくり返す、蕎麦の薬味や吸い物の椀《わん》を人に投げつける、「このあらいを作ったのは誰だあっ!!」と厨房《ちゅうぼう》に殴り込む、「女将《おかみ》を呼べっ!!」と怒鳴る、罵倒《ばとう》する、蘊《うん》蓄《ちく》をたれる。

いい大人がこんなにも食に対して傍若無人になっていいのか。好き嫌いは悪のはずなのに、好きなものしか食べていないじゃないか、この人。そして、どんなに我を通しても、なぜか尊敬されている（主人公の山岡士郎《やまおかしろう》は除く）。

でも、海原雄山には嘘はない。「きれいになるよ」などというまやかしで食べないし、食べさせない。美食のみを追求するゆえ、人に招待された場でも辛辣に非難する。漫画では悪役のように描かれていたが、私は彼がかっこよく思えた。嫌われても意に介さないところにも惚《ほ》れ惚《ぼ》れした。あんな大人になって好きなものだけを食べ、堂々と生きていきたいと思った。

人間は健康や栄養や美容といった、目的のためだけに食事をするわけではない。至高の美味だけを求めて食事をすることも人間の権利のひとつなのだということを、私は海原雄山から学んだ。たとえ、食べものを粗末に扱う悪い大人だとしても。

自分でお金を稼ぐようになって、私は食べることが好きになった。でも、海原雄山のようになれたかというと違う。外食では自分が注文したからには責任があるように思え、自炊では自分の調理が下手だったせいに感じ、口に合わなくても残したり捨てたりはそうそうできない。お世辞を言ったり愛想笑いをしたり手抜きを覚えたりと、立派な嘘つきの大人になった。

そういう自分への嘘も罪悪感も打ち捨てて、美食への道を突き進む海原雄山は、孤高で稀有《けう》な存在なのだと改めて思った。嘘をつかない大人はとても生きにくい。

おいしくないなあ、と思うものを食べてしまったときは、「このたわけが！」と心の中でこっそり海原雄山の真似《まね》をしている。

怪鳥のクリスマス

　ここ数年、クリスマス前になるとシュトーレンをあちこちで見かけるようになった。ちゃんと調べたわけではないが、二〇一〇年代になってからのような気がする。

　シュトーレンはドイツ発祥のクリスマスに食べる菓子パンだ。生地にスパイスやドライフルーツやナッツを練り込みしっかりと焼きあげ、仕上げに粉糖でこれでもかと覆う。甘くて、どっしりして日持ちがする。クリスマスまで少しずつスライスして食べる。粉糖が浸《し》み込んだり溶けたりしてだんだん味が変わっていくのが楽しい。ケーキ屋のシュトーレンとパン屋のシュトーレンはなんとなく味が違うように思われ、毎年それぞれ二個ずつくらい買ってはちまちま食べ比べをする。

　クリスマスのものだというのに、シュトーレンは色気がない。ごろんと無骨なかたちをしている。リボンをかけられていなければ白っぽい岩か粘土にしか見えない。投げたらよく飛びそうだ。おくるみに包まれた幼子イエス・キリストを模しているという説があるが、そうだとしたら食べていいんだろうかと毎年悩む。

最近はベラベッカというフランス・アルザス地方版シュトーレンみたいなものも売っている。シュトーレンと構成要素は変わりないが、格段にしっとりしている。べっちょりと言ってもいいかもしれない。ドライフルーツとナッツを濃厚に味わいたい人にお勧めだ。薄く切って、ホットワインと合わせるとすごくいい。ただ、こちらも見た目は土《つち》塊《くれ》みたいだ。

あと、クリスマス菓子で一番好きなレープクーヘンもときおり見かける。スパイスと蜂蜜を使った、ケーキらしいがケーキに見えない平べったい重厚な菓子だ。マジパンやチョコレートで覆われている。ねちねちしているが、それを超えてぬちぬちしているものに出逢《であ》うと「僥倖《ぎょうこう》だ」と思う。昔、ドイツ人の友人にもらい、脳天に雷が落ちるような衝撃があった菓子である。ただ、好き嫌いは分かれるようだ。


クリスマスの郷土菓子を調べていると、重くて甘いものが多い。たいがいスパイスか洋酒漬けのドライフルーツを使っていて日持ちがする。重くて、甘い。日本のお節みたいだ。

そして、お節があまり子ども受けしないのと同様、私も小さい頃はこういったずどんと重甘い菓子が苦手だった。

そもそもドライフルーツを菓子とは認められなかった。干し芋や干し肉は好きだったが、干した果物特有のひなびた甘酸っぱさと歯にくっつく感じがどうも陰気な印象を与えた。

スパイス類もいまでこそパン・デピスやスペキュロスに目がないが、アメリカンスクールに通っていた小学生の頃は、クリスマスにもらうジンジャーブレッドマンが苦手だった。マンというだけあってまるっこい人型をしている。クリスマスツリーなどにぶら下がっていて、許可を得て喜んで齧ると胃薬みたいな味がし、「うがー!」となった覚えがある。失望は憎しみに変わり、心の中で「生姜野郎」と呼んでいた。

ツリーにぶら下がっているものといえば、キャンディケインもある。白と赤の縞模様《しまもよう》のステッキのかたちをした飴《あめ》で、千歳飴《ちとせあめ》を西洋風にしたバターっぽい味に違いないと期待して食べたら、歯磨き粉みたいな味で、やはり「うがー!」となった。サンタだって結局いないし、クリスマスとは子どもに夢と現実の落差を味わわせる日なのか、とひねくれた。

子どもには不評でも、日持ちのするクリスマス菓子は理にかなっていると思う。

洋菓子屋で働いた経験がある。クリスマス、特に前日のイヴは忙しかった。ブッシュ・ド・ノエルをはじめとした生クリームを使ったケーキは日持ちがしない。食べる当日に注文が集中し、国民の誕生日がひとつになったようなデコレーションケーキ祭になる。本当はイエス・キリストの誕生日なのに。国民の半分くらいは日持ち菓子をしっとりと食べるクリスマスを過ごしてもいいんじゃないか……と不眠不休のへろへろの頭で思った。

アメリカンスクールにいた頃もクリスマスは忙しかった。クリスマスまでに友人たちにカードを送らねばならないし、イヴの晩は聖劇や聖歌を保護者たちに披露しなければいけなかったからだ。十二月に入ってからは、クリスマスの飾りつけ、聖歌の練習と準備ばかりしていた。なかでも、劇が大変だった。

はじめて参加したとき、私は雄ライオンの役をもらった。低学年だったせいか荘厳な聖劇ではなく、コミカルな物語だった。詳細は覚えていないのだが、動物たちの鳴き声が混ざってしまうといったドタバタ喜劇的な内容だったと思う。いろいろな動物の役があった。

私は恐ろしい咆哮《ほうこう》をするはずの雄ライオンが、雄鶏《おんどり》の声でときを告げるシーンを演《や》らねばいけなかった。思いっきり「コケコッコー！」と叫ぶと、奇妙な顔をされた。違う違うと友人たちが見本をみせてくれる。

「コッカドゥードゥルドゥー！」

え、なにそれ？　そんなドゥルドゥルしてる？　トサカが揺れてる表現？　困惑する私をよそに、豚は「オインクオインク」、犬は「バウワウ」、羊は「べーべー」だと言う。

猫と牛は日本語と大差なかった。そうなのか、と思いつつ、なんとなく納得しないまま帰宅した。

家に帰ると、放し飼いの犬たちが嬉しそうに吠《ほ》えながら駆け寄ってきた。確かに「ワンワン」ではない。では、「バウワウ」かと言われると、それもちょっと違う。大型犬だったせいか、吠え声は振動を伴った重々しいもので、「ドゥフ、ドゥフ」と響いた。

よしよしと撫《な》でながら、そうだよな犬の鳴き声は日本語でも英語でもないもんな、と思った。鶏だってそうだろう。だったら、リアルに鳴けばいいと思った。けれど、我が家の敷地内では雄鶏は飼っていなかった。いたとしても、犬たちに瞬殺されただろう。そこで、私は「コケコッコー」と「コッカドゥードゥルドゥー」を混ぜた鳴き声を研究した。

イヴ当日、会場は穏やかな空気に包まれていた。家族が集まる特別な夜だ。いよいよ私の学年の催しになった。手作りの雄ライオンの衣装にはたっぷりとたてがみをつけた。そうして、私の出番がきた。動物たちの中から立ちあがり、舌を巻き、声を張りあげ、甲高く鳴いた。

しかし、緊張のあまり声が裏返ってしまった。

それは「コケコッコー」でも「コッカドゥードゥルドゥー」でもなく、この世に存在しない怪鳥の雄たけびといったほうがよい代物だった。

会場の大人やクラスメイトたちの「あの生物はなに？」という困惑した視線を感じた。失敗した。台詞《せりふ》すらない役で失敗するなんて。その晩に食べたものすら記憶にない。クリスマスがやってくるたび「コッカドゥードゥルドゥー」がよみがえり、シュトーレンを食べながら「うがー！」と羞恥に悶《もだ》えている。

男の甘味道

「とらや」の小形羊羹《ようかん》の干支《えと》パッケージに惹かれた。

今年の干支の「戌《いぬ》」が白くころころと描かれている。餅のようだ。餅が好きなあまり、餅めいたものに好感を抱く傾向がある。ついつい買ってしまった。

「とらや」といえば、篆刻《てんこく》のS先生だ。私は月一回、S先生の教室に通っている。書道はいいです篆刻だけさせてください、と我が儘《まま》を言う私を受け入れてくださった温厚な先生だ。独創的な絵画のような印を彫る。知識が豊富で、妖怪についても詳しく、教室で私がずっと妖怪の話をふっても怒らず情熱的に教えてくれる。

篆刻教室では誰かがおやつを配ることがあり、あるとき私は黒糖味の饅頭《まんじゅう》を配った。S先生は硯《すずり》の横に置かれた饅頭を手に取り、「黒糖といえば『おもかげ』やな」とつぶやいた。

その瞬間、できる、と思った。目が合ったので、にやりと笑いながら「でもやっぱり『夜の梅』ですかね」と言うと、「ああ、せやな。『夜の梅』が一番ええわ」とにやりと笑い返してくれた。互いの求める道が通じ合った瞬間だった。

「夜の梅」と「おもかげ」は「とらや」の三大定番羊羹の名である。小倉味と黒砂糖入りだ。もうひとつは「新緑」で抹茶入り。今回の干支パッケージもこの三種類しかない。小形羊羹に限定すると、あとは「はちみつ」や「紅茶」がある。羽田、成田空港限定の「空の旅」や、京都限定の「白味噌」「黒豆黄粉《きなこ》」もある。バレンタインデーの季節に「ラムレーズン」なる変化球の限定品をだすこともある。

どうしてこんなに詳しいかというと「とらや」の和菓子が大好きだからだ。特に小形羊羹がでたときは感動した。ちょっと太めのライターくらいの大きさだ。鞄《かばん》やポケットに忍ばせていつでもどこにでも持っていける。あらゆる場所にこっそり持参しては、人目を盗んでこそこそと食べている。ふたくちでいける。ふたくちで疲れが吹っ飛び、気力が復活する。

私は甘いものがなくては生きていけない。正直、仕事にならない。集中力も切れる。いつでもどこでも甘いものと一緒にいたい。糖質制限なんて冗談じゃない。糖切れを起こして死んでしまう。

担当T嬢はそれを知っているのか、仕事の取材や観劇の合間に餡《あん》のつまった菓子をくれる。一度サーカスを観にいったとき、休憩時間に離れた席から走ってきて神保町《じんぼうちょう》の

「大丸やき」を与えてくれた。集中して見過ぎてくらくらしていたので助かった。おかげで、お腹が減っているときに彼女を見ると、「大丸やき」の「大」の字が浮かぶ。

私が見込んだ通り、S先生も生粋《きっすい》の甘党だった。そして、大の「とらや」好き。「とらや」の羊羹だったら一本食いができると言う。もちろん小形ではなく通常サイズのものだ。客に羊羹をおだしするとき、「冷や奴《やっこ》か！」と仰天されるほど分厚く切ってしまう私に、はじめて話の合う人ができた。闇夜で星を見つけたような気分だった。

S先生は書道展のときに饅頭や最中《もなか》の菓子折りをもらうと、「その列、○○さんのやからな」と言うらしい。自分がひと列食べたいがために、他の人にもひと列勧めては「そんなに食べませんよー」と生徒たちに笑われている。

私もひと列など余裕だ。缶入りクッキーは開封してすぐ食べきれるし、羊羹の一本食いもできる。ロールケーキも可。執筆中は飴をスナックのように噛み砕いて数時間でひと袋なくしてしまう。出張で東京へ行けば、朝食代わりにパフェをはしごするし、ケーキは一回に五個くらい食べられる。大好物の赤のガーナチョコは一日一枚が日課だ。

昨今、「スイーツ男子」なる言葉もできて、甘いものを好む男性も増えた。飲み会のあとにファミレスでパフェを食べる若い男性もいれば、お洒落《しゃれ》なパティスリーやショコラティエに詳しい男性もいる。同年代の男性と食事をしていて、「違うデザートを頼んでシェアしませんか」と言われたこともある。彼らはあくまでスマートで、スイーツという言葉がよく似合う。

けれど、S先生は大手企業に勤めていた元サラリーマンだ。「御座候《ござそうろう》やったら一気に八個いけるわ、三笠《みかさ》やったら五つやな」と豪語しつつ、「酒飲みの武勇伝はぎょうさんあるけど、甘党はなんや格好つかへんな」と小さくなってしまう。まだ、「男たるものは」があった時代の元企業戦士には甘味を楽しむことに恥じらいがある。欲望に負けて菓子をぱくついてしまい、生徒から「男性なのにめずらしいですね」と言われると、「せやねん、恥ずかしいねん」と困った顔をしている。

いい歳の権威ある男性が甘いもので恥じらう姿はなんとも可愛らしい。いかにも文人といった風情のS先生だからこそ愛らしさもひとしおである。スイーツ男子たちも可愛いことは可愛いのだがきゅんとはしない。誰よりも甘味を愛している自信があり、制覇する実力も伴っているのに、あくまで控えめな感じにきゅんとくるのだ。

女性に求められがちな恥じらいだけれど、男性にも必要だと声を大にして言いたい。

篆刻教室のたびに、先生これからも一緒に甘味道を極めましょうね、と大急ぎで菓子を口に押し込むS先生の後ろ姿に熱い視線を送っている。

かぼちゃ団子

『美しい鹿の死』というチェコの小説を読んでいたら、クネドリーキなる食べものがでてきた。もちもちしているようだ。保育園のアルバムの好きな食べものの欄に「もち、いも」と書かれていたくらい生来の餅好きとしては、とても気になる。

父は転勤が多い仕事だったので、私はひとところに長く住まない子ども時代を過ごした。大学進学の際に京都に行くと決めてからは京都にずっと住んでいて、一番長く住んでいる土地になった。京都は好きな街だが、京都で育ったわけではないので、もう二十年近く暮らしているのに、常に住まわせてもらっているという感じが拭えない。思えば、どこの土地に住んでもそうだった。そのせいか、郷土料理やソウルフードなるものに強い憧れと関心がある。

料理人である殿にクネドリーキについて訊《き》くと、『世界のじゃがいも料理』なるレシピ本を渡された。人に訊いて済ませようとする自堕落な私とは違い、彼はまず書物で調べることを信条としている。国別に分けられたチェコとポーランドの頁《ページ》にクネドリーキはあった。グラーシュという牛肉の煮込みにそえられている。茹でたじゃがいもを潰し、小麦粉やコーンフラワーや卵などと混ぜ、円筒形にしてまた茹でる。粗熱がとれたら輪切りにする。

形状が懐かしい食べものによく似ていた。かぼちゃ団子だ。

小さい頃、北海道の祖母に作ってもらった食べもの。かぼちゃを蒸して潰し、片栗粉と混ぜ、円筒形にして輪切りにする。作り方がクネドリーキにそっくりだ。じゃがいもでも作る。

祖母は輪切りにしたあと、バターをひいたフライパンで両面をこんがりと焼き、蜂蜜と醤油をかけて食べさせてくれた。すいとんのように汁ものに入れたりもするらしいが、私にとってかぼちゃ団子はおやつだった。

北海道に住んでいた頃、両親は共働きで、私はいわゆる鍵っ子だった。学校から帰り、自分の鍵でドアを開けると、家は薄暗く、ひんやりと冷たかった。妹はまだ保育園から帰っていなかった。本も好きだったし、一人遊びは苦にならなかった。けれど、外が暗くなり、雪が音もなく降ってくると、声が吸われてしまったような気がして意味もなく叫んだりした。一人でいると声のだし方を忘れる。

はなれた街に住む祖母がきている日は、自然と家に帰る足が速くなったのを覚えている。ドアを開けると、蒸気であたたかく湿った空気の向こうにまるまるとした背中が見えた。祖母は色白で、ふくよかで、なんとなく鏡餅に似ていた。餅問屋の娘だったそうで、餅やおかきをたくさん食べて育ったのでこんな体になったのだと笑っていた。私の餅好きはこの人の血のせいかとぼんやり思った。

フライパンがじゅうじゅうと音をたて、乳くさい脂の香りがただようと、オレンジ色のかぼちゃ団子がでてくる。蜂蜜をたっぷり、醤油はちょろっと、かりかりした焦げ目がふやけてしまう前にとかぶりつく。熱くて、もちもちして、甘じょっぱくて、「おいしいおいしい」と私は何度も言った。祖母は嬉しそうだった。

食べ終えてしまうと、ぽっかり空洞ができてしまったような気分になった。「おいしい」以外に祖母に伝えることが思い浮かばない。子どもの遊びに付き合わせるのもはばかられる。一人に慣れていた私は、親よりもはるかに歳の離れた人とどう接していいかわからなかった。気まずさを隠そうとして、皿に残った蜂蜜をいつまでもフォークの先でいじっていた。

本当は言いたいことはあった。当時好きだった児童書の『ふしぎなかぎばあさん』シリーズのこと。鍵をなくした鍵っ子の家を開けてくれて、パイナップルのせハンバーグやポークソテーといった魅惑的でがっつりしたご馳走《ちそう》を作ってくれる不思議なおばあさん。祖母はかぎばあさんみたいだと思った。けれど、それを言ったら知らないおばあさんになってどこかへ行ってしまいそうで言えなかった。物語には終わりがあるから。

今はもう、かぼちゃ団子の祖母はいない。せっかくクネドリーキで思いだしたので、ひさびさにかぼちゃ団子を作ってみることにした。折よく、かぼちゃの季節である。

スーパーのかぼちゃは北海道のものより小さい気がして、まるまる一個使う。けれど、片栗粉をたくさん入れるので、大量にできてしまう。かぼちゃ団子はいつも作りすぎる。二人暮らしには多い。それであまり作らなくなったのだと気づく。たくさん家族がいる家庭の料理なのだろう。

はじめて作ったとき、「食べたことない」と殿はものめずらしそうにした。友人に訊いても知らないと言った。北海道独自の食べものなのだということを知って、自分にも郷土料理があることがちょっと嬉しかった。

ただ、昔ほどはおいしくは感じなかった。餅というよりは、ういろうっぽい。ほっとできる懐かしさはあるけれど、食感も味も一本調子な感じである。なにより酒に合わないので晩ごはんのおかずにはならず、昼ごはんにするにもおやつっぽすぎる。わざわざかぼちゃを買ってまで作る料理でもない気がした。作っても、冷凍庫の底にずっと残っている。今の私の食生活には合わない。もてあましてしまう。

私は大人になって、もっとおいしいものがあることを知ってしまったのだ。悲しくもあり、わかっていたことのような気もした。

懐かしさとおいしさは完全には一致しない。生涯おいしく感じる食べものはきっとない。生活も体も変わっていく、そのときどきで味覚も変わる。そうやって生を繋ぐうちに、いつか懐かしい食べものに戻ることもあるかもしれない。

果物を狩るけもの

好物を伝えるのは難しい。好物であればあるほどこだわりが発揮されてしまうからだ。

好きすぎるゆえに、ちょっとしたアレンジに「なんてことしやがる」と憤りを覚え、「〇〇はこうでなくてはならん！」と偏屈爺《へんくつじじい》みたいになっていく。

先日、とあるお洒落な飲食店でナポリタンをメニューに見つけて注文したら、もちもち生パスタに厚切りパンチェッタの高級ナポリタンなるものがでてきた。真っ白な皿の中央で、きれいにとぐろを巻いている。トマトソースも心なしかコクがあってフルーティー。

まあ、おいしかった。いや、一般的に美味と評される味だったと思う。高級感もある。が、「ちっがーう！」という気持ちが呑み込んでも呑み込んでもせりあがってくる。

私の愛するスパナポは、アルデンテからはほど遠い茹で乾麺にぺらぺらのベーコンが入って、うっすら赤い油がにじむケチャップでべたべたになったものだ。そこに粉チーズをばっふばふとかけて……と脳が理想のナポリタンを再現してしまう。そうなったらもう駄目で、おっちゃんらが新聞をひろげているような喫茶店に駆け込みたくなる。

店ならば次回から選択に気をつければいい。けれど、親しい人や一緒に住んでいる人に好物を教えてしまい、親切で作ってくれたものが「それ、ちっがーう！」だったらどうすればいいのか。カレーは好きだがカレー味はこの限りではなく特にカレーうどんは遠慮したいとか、ゴボウはあく抜きしないで調理して欲しいとか、微に入り細を穿《うが》ち好物の説明をするのも鬱陶《うっとう》しがられるだろう。けれど己の好みには逆らえないので、作ってくれたものに「まあ、おいしいね」と微妙な顔をしてしまう気がする。偏屈爺の懊悩《おうのう》がはじまる。

なので、好物を訊かれるとかすかに緊張してしまう。相手はたいした意図や興味もなく会話の流れとして訊いているのだとわかってはいても、正確に伝えたい欲が頭をもたげる。素材や料理名で言うから伝わらないのではないか。その食べものに対する姿勢を話してみればいいのかもしれない、などと考える。


たとえば、果物は私にとっては「狩り」だ。

郊外の果樹園へ果物狩りツアーに行くということではない。果物を食べるとき、私は野生動物になる。生餌《いきえ》しか食べない飼い慣らされていない動物だ。自らの手で皮を裂き、匂いを嗅ぎ、滴る汁をすすりたい。

果物を食べるという行為は皮を剝くところからはじまる。柑橘類、林檎、キウイ、西瓜《すいか》、葡萄《ぶどう》、プラム、桃、マンゴー、無花果《いちじく》、梨《なし》、柿《かき》、枇杷《びわ》……我が家には季節の果物が必ずといっていいほどある。変化を観察しながら食べる。いまは洋梨、青い洋梨のしゃきしゃきした剝き心地も、熟れた洋梨の刃にのったりと吸いつくような剝き心地も良い。果汁が滴ったり、果肉が澄んでいたり、外と中の色や模様が違うものが愉しい。バナナはちょっとつまらない。サクランボやベリー類もつまらない部類だが、薄い皮や粒が歯でぷつりと弾《はじ》ける感触がいい。パイナップルは若干手に負えない感じがする。

果物は剝くときが一番香る。包まれていたものが一気に散らばる。水気をふくんで輝く断面からは甘い汁がにじみだす。剝かれた果物は宝石の内臓のようだと思う。香気の中で、手と口を汚しながら一心に食べると恍惚《こうこつ》とした気分になる。食べ終えたあと、皿に残った皮が黒ずみ、張りをなくし、だんだんと劣化していくのを眺めて充足感を得る。

同じ果物でも、透明の容器に入って冷蔵棚に並ぶカットフルーツはもう果物ではない。誰かの手（もしくは機械）によって剝かれ、切り刻まれ、時間が経過したそれらは、言い方は悪いが私にとっては死体だ。ブッフェでボウルに盛られているカットフルーツも然《しか》り。野生動物と化している私は屍肉《しにく》は食べない。食べられない。「はい、フルーツ好きだよね」と差しだされた死体の、乾いた切断面を見つめて、違う食べものとして口に運ぶ。そこに果物を食べる高揚はない。

大福餅の中から果物がでてくると絶望する。お弁当に塩水で変色止めをしたウサギ林檎が入っていると、丸ごと持たせて齧るから！　と頭を抱えた。小さい頃、お洒落な友人宅でフルーツポンチをふるまわれると眩暈がした。単品でもつらいのに、多種類が混ざっているなんて悪夢でしかなかった（だいたいバナナが溶けているし）。プロの料理人が店内で調理したものならばいいのだけれど、基本的には生の果物は自分の手で屠《ほふ》りたい。劣化の味を舌が敏感に感じとってしまう。


果物は自分の手で剝くのが最大の喜びだと信じていた私は、中学生の頃、遊びにきた友人に白桃まるまる一個に果物ナイフを添えてだしたことがある。そのときのきょとんとした友人の顔が忘れられない。殿も剝いてあげないと果物を口にしない。

世の中は他人の剝いた果物を平気で食べられる人が大多数だと頭では知っていても、「えっほんとうに私が剝いていいの？」とびくびくしながら剝いてしまうし、食べている人を「おお！　私が剝いたのを食べるんだー」とつい眺めてしまう。

他人の剝いた果物を食べている人の姿は、私の目には無防備に映る。そこに信頼関係があれば、甘美さもただよう。ドラマや映画などの看病のシーンで、果物を剝いて食べさせているのを見ると一人でドキドキしてしまう。

果物の前では野生動物である私が、誰かが手ずから剝いた果物を悦《よろこ》びをもって食す日はくるのだろうか。老いた頃か。想像すると、ちょっと愉しい。

節子の気配

人間の世界では、食事中にふさわしくないものが存在する。たとえば会話や振る舞いにおいて。外食ならば身なり。ふさわしくないものを排除するためにマナーがある。それは国や文化や家庭によって違う。

小学生の頃は海外にいたので、両親から洋式のテーブルマナーを躾《しつ》けられた。いまは亡き祖父が厳格だったので、九州の実家へ行くとまた違った行儀作法があった。それでも、小さい頃はまだ楽だった。とりあえずおとなしく食べていれば良かったから。

大人になったら違う。マナーを守った上で、会話をしなくてはいけない。仕事の会食などで黙って食べてばかりいるわけにはいかない。

この会話のマナーが悩ましい。「口にものを入れたまま喋らない」「大声をださない」それくらいはわかる。けれど、「まわりの人が不快になる話題は避ける」「食事中はすべての人が楽しめる話をする」となると、へどもどしてくる。すべての人が楽しめるなんて、「おいしいですね」以外に喋れなくなりそうだ。なんだか馬鹿みたいじゃないか。

以前、知人作家が編集者と平日のイタリア料理店でランチをしながら小説の話をしていたら、隣の席のご婦人たちから会話の内容を注意されたそうだ。知人は謝ったが、彼女たちはひどく不快に感じたようで、席をたって帰ってしまったらしい。それを聞いて、不安になった。

私はたいがいの話なら平気なので、食事中にふさわしくない会話というものがいまいちわからない。なにを聞いても特に不快ではないので、他人の不快に鈍感になっている。気がつかないうちに、まわりの人の食欲を減退させ、憤慨させているのかもしれない。その知人が編集者と話していたことも忘れている。要するに、私にとってはたいした驚きもなく忘れるような内容だったのだ。

おそらく獣医師の父の影響がある。父は病理が専門なので、食事中でも家畜や人体に潜む寄生虫の話をした。私は寄生虫や細菌といった小さな者たちが恐ろしくも大好きで、小さい頃は父の友人たちにダニだの回虫だのの標本を見せてもらい嬉々としていた。食べものに入っていたら嫌だが、話題にでることはなんとも思わなかった。

父の趣味は土いじりだったので、収穫した野菜がよく食卓にのぼった。ときどき肥えた芋虫などがスープに浮かんでいた。妹と母は食欲をなくしたが、父は「煮沸してあるから大丈夫だ」と芋虫をよけて食べ続けた。科学者がそう言うならば安全だろう、と納得して私も食べた。

病院で医療事務をしていたせいもあるだろう。医療クラークの休憩室は女の園で気づまりだったのもあって、私は昼ごはんを受け持ち診療科の空いた部屋で食べていた。たいてい外科の先生の誰かが手術映像を見ている。切り裂かれた人体の内部が確かにそこに映っているのだが、手際良く動く銀色の器具たちのおかげで感情が入り込む余地はない。「あんまり血でないんですね」とか言いながらおにぎりを頬張っていた。先生も「そりゃあ、そうだよ。血がでたら死んでしまうからね」と画面を見つめたまま、購買のパンやカップラーメンを食べていた。

理系の人間が好きだった。彼らの合理的で科学的なまなざしは、私の恐怖や不安を拭いさってくれた。排泄《はいせつ》も病気も食も生きる上で避けて通れないことという意味では同列だ。だから、私は食事中にそれらの話をされても気にならない。

ジビエ料理を食べに行くと、羽のついた鳥類を調理前に見せてくれる店がある。友人はそれが苦手だと言っていた。価値観の違いなので責めるつもりはないのだが、私には海老《えび》や魚が生け簀《す》に泳いでいるのとどう違うのかわからない。

小さい頃、生け簀の魚を父に無理やり食べさせられて、泣きながら「おいしい」と言ったときから、私は残酷さを腹におさめて生きてきた。自分には屠ることに傷つく権利などない。

こういう人間だからか、食事中は親しい人にしょっちゅう注意される。テレビドラマ版『ハンニバル』の死体アートの素晴らしさを語って、殿に叱られた。台湾旅行でのトイレの使用法を説明して、友人に嫌な顔をされた。謝ったが、どういけないかは理解できていない。食事中に猟奇殺人と便所周辺の話はいけないと記憶しただけだ。編集者たちは仕事に関わることならどんな話でも嫌な顔をせず聞いてくれるので、きっとつらい思いをさせていることだろう。気をつけねばならない。

去年の春、友人と創作フレンチの店へ行った。噂通り、ひと皿ひと皿、趣向が凝らされていて、目にも舌にも楽しいコース料理だった。器もこだわっている。メインの牛肉の赤ワイン煮を食べ終えると、デザートがでてきた。まずは苺《いちご》を使ったさっぱりとしたもの、次にパイ生地や果物のコンポートや濃厚キャラメルが皿に抽象画のように配置されたもの。一緒に食べるとアップルパイ味になるらしい。それはいいのだが、皿の余白に砕かれた色ガラスのようなものが散らばっている。可愛い色に見覚えがある。

「サクマドロップスです」と店員が言った。

ご丁寧にも昔懐かしい缶がカウンターに置いてある。

缶を見た瞬間、節子《せつこ》、と思った。節子のかよわい声が脳内に響く。

——なんで蛍すぐ死んでしまうん。

ドロップをひとつずつ大切に食べ、空っぽの缶に水を入れて飲んでいた節子。ちいさなおかっぱ頭。かなしい。シェフはアニメ『火垂《ほた》るの墓』を観たことがないのだろうか。

それとも、今日は追悼日かなにかなのか。

どちらにしても、私にとって、食事中にサクマドロップスはふさわしくない。節子の気配が強すぎる。食欲をなくすほどではなかったが、かなしい気持ちで食事を終えた。

私は物語性のあるものが「いけない」のだとはじめて知った。

ガリボリ系

我が家には食べものに関する本がたくさんある。

グルメ雑誌、調理専門雑誌、各ジャンルの料理本、エッセイ、ノンフィクション、漫画、食品図鑑、調理用語辞典、食の文化史や狩猟に関するものなど壁一面に並んでいる。殿が料理人だからだ。殿が集めている食エッセイ本だけで我が家の文庫棚の三分の一が埋まっているくらいなので、この素人感まるだしの食連載なんて恐ろしくて読ませられない。

食の本は読むが、テレビとなるとあまり見ない。食関係で狙って見るのは『吉田類《よしだるい》の酒場放浪記』と『サラメシ』くらい。『吉田類の酒場放浪記』は食べものというより、どこの酒場でも馴染んでいるようで浮いている類さんの酩酊《めいてい》姿を眺める番組だと思っている。

『サラメシ』は様々な職場で働く人々の、いたって日常の昼ごはんに和む。再放送を昼の時間帯にやっているので、こちらもいたって日常の昼ごはんを食べながら見ている。

みんな食べて働いている。そう思うと、午後からもがんばれる。

たまにテレビを点《つ》けると、グルメ番組にぶつかってしまうことがある。グルメという言葉がもう嘘くさい。殿となんとなく見て、いつも「麺類が多いね」と遠い目をして言い合う。圧倒的にラーメン率が高い。私たちはラーメンに興味がないので、情報は右から左へと抜けていく。ラーメンに食指が動かない理由は酒がすすまない料理だから。外食は酒ありきだ。

次に肉。それもやわらかく、ジューシーなものばかりで、にじみだす肉汁のアップに誰のものかわからない歓声があがる。チーズや卵やスイーツも多い。ふわふわのパンケーキ、とろけるチャーシュー、もちもちのパン、溶けだすチーズ、とろとろのオムライス、箸《はし》で切れる和牛。おいしいとされているものは、とろふわ系のようだ。可愛いとされている女性が、ゆるふわ系なのを彷彿《ほうふつ》とさせる。

「みんな、やわらかいものが好きなんだな」と、ビールを飲む殿がスルメを齧りながら言う。

やわらかいものもいいけれど、そればかりでは歯がうずく。ときおり、お腹は減っていないのに、歯ごたえのためだけになにかを食べたくなる。齧り、噛みしめ、ひきちぎりたい。肉も霜降りより断然、赤身を好む。

いまは亡き九州の祖母が息災だった頃、彼女は毎朝、鰹節《かつおぶし》を削って味噌汁の出汁《だし》をとっていた。祖母は小さくなった鰹節をとっておいて、私が遊びにいくとくれた。てのひらにのせられた鰹節のひとかけらはきらきらしていて、茶色い結晶のようで、食べものには見えなかった。嗅ぐと埃臭《ほこりくさ》く、わずかにおかかの好ましい匂いがした。

鰹節のかけらは矢じりにでも使えそうなほど硬かった。私は畳に寝転がっていつまでも齧っていた。いつの間にか口の中はよだれでいっぱいになって、じわじわと旨みがでてくるのが、じれったくてもどかしくて、ますます一生懸命に齧った。

父はそんな私の姿を見て「茜《あかね》は犬みたいだな」と言ったが、その理由はアフリカに引っ越して犬を飼ってわかった。放し飼いの犬たちは暇さえあれば芝生に寝転んで骨を齧っていた。活発な大型犬だったので、餌は寸胴鍋《ずんどうなべ》で煮たぶつ切り肉が中心だった。犬たちは肉を食べると、骨を大事に取っておいて、噛み砕き、髄液《ずいえき》を舐《な》めとり、すっかり黄ばんだそれをいつまでもコリコリやっていた。庭のあちこちに骨が隠してあって、私はその場所を知っていたけれど、知らないふりをしてあげていた。

犬たちを眺めながら、私は両親がたまに買ってきてくれるビーフジャーキーを噛んでいた。牛だと思っていたけれど、妙に乳臭いこともあれば、獣臭いこともあったので、水牛やブッシュミートと呼ばれる野生動物の肉だったのかもしれない。とにかくそれは没頭してしまう旨さで、噛めば噛むほど力がつくような気がした。子どもの私は、犬たちは強くなりたくて骨を齧っているのだと思っていた。

噛んで強くなるのは顎だけだろうが、硬いものを食べると集中力は高まる気がする。噛んでいる間は無我の境地というのか、歯の感触だけに全意識が向いて余計なことを考えなくて済む。自分が変な顔をしていることや、ときにはよだれを垂らしてしまうことすら、どうでもよくなる。犬歯で削って、奥歯で砕いて、こっちの角度から、いやあっちか、と夢中で破壊を試みる。飲み込んでしまうと、顎の疲労と共に心地《ここち》好い達成感が得られる。

私はよく執筆の合間に乾パンを齧っている。ドライフルーツや干し芋、ビーフジャーキー（今度は本物の）もいい。市販のスナック菓子ではちょっと物足りないので、「これは硬いよ！」というものがあったらどうか教えて欲しい。高校の頃は『伊勢物語』にでてきた乾飯《かれいひ》に挑戦してみたくて仕方なかった。いままで一番「やるな！」と思ったものは香川の「熊岡菓子店」の堅パン。レトロな紙袋に入った生姜味のパンはもともと軍用食だったそう。歯に覚えのある者は挑戦して欲しい。北九州名物の「くろがね堅パン」もなかなか。こちらのほうが手に入りやすい。

「とろとろ～」「ふわふわ～」とうっとりするようなグルメ番組だけではなく、「ものすごい歯ごたえです！」「噛んでも噛んでも終わらない気がします！」「私、もう顎が限界です！」とリポーターが顔をゆがめながら食すグルメ番組があればいいなと期待しているが、なかなか叶《かな》わない。

魔の祭典

二月が近づくと増えてくる、ハートで彩られた広告にもの申したい。

断じて、バレンタインデーは殿方にチョコレートを贈るためだけの日ではない。一年に一度、徹底的にチョコレートに散財してもいい日である。もちろん自分のためだけに。それどころか、パートナーがいる人は彼らがもらってきたチョコレートも「おまえのものはおれのもの、おれのものもおれのもの」というジャイアニズムで奪い取ってしまえばいい。

一月初旬くらいからチョコレート戦争ははじまっている。まずは情報収集。今年は「サロン・デュ・ショコラ」のオフィシャルムックを編集者がくれた。各ブランドのショコラティエ・インタビューを読み込み、付箋《ふせん》を貼っていく。

目標を定めると、私の住む京都の会場で手に入れられるもの、東京でしか買えないものをリストアップする。今年は東京会場でしか買えないものはオンラインで狙い撃ちにした。

さて、いよいよ開戦日、チョコレート戦線へと挑む。特設会場の見取り図は事前に頭に入れておき、売り切れそうな人気ブースから効率的にまわる。ものすごい人だ。しかし、戦場で迷っている暇はない。人を押しのけ、目標のチョコレートに突撃する。もちろん「サロン・デュ・ショコラ」を開催していないデパートのチョコレート売り場にも参戦する。そんな風にして決死の覚悟で討ち取ったチョコレートを誰が人にあげたいと思うだろうか。

バレンタインデーは戦利品を前に勝利の味を堪能する日だ。

チョコレートの最大の祭典といってもいい「サロン・デュ・ショコラ」は日本では二〇〇三年にはじまっている。ちょうど私が社会人になりたての頃。普段ならなかなか手に入らない世界の高級チョコレートが一堂に集まる。チョコレート好きの私にとっては夢のような祭典であり、同時に魔の祭典でもある。

この時期、私がチョコレートに費やす金額は「ちょっといいワンピースからコート」くらい。親に食わせてもらっている身ならば怒られる。けれど、私は働いている。人から馬鹿馬鹿しいと呆《あき》れられても、自分の好きなもののために自分が稼いだお金を思いきり使う。脳が沸騰するような幸福感だった。たとえ、そのあと金欠に苦しもうが、一瞬の快楽を選択することに迷いはないし、後悔したこともない。

いつからチョコレートが好きだったのか。チョコレートのどこが好きなのか。うまく説明できないくらいチョコレートは特別な食べものだ。あんなにも心をときめかす食べものはない。恋愛、セックス、ドラッグ、アルコール……人は必ずなにかしらの中毒になると、なにかの本で読んだことがある。本当だとすれば、私にとって、それはチョコレートなのだろう。高級チョコレートも大好きだけれど、私が執筆の友として一年中そばに置いているのは「ロッテ」の赤ガーナ。チョコレートなしには生きられない。書けない。

忘れられないチョコレートがある。大学生の頃、友人の家で食べたフランスのトリュフだ。その子の父親は仕事で海外に行くことが多く、お土産で買ってきてくれたものだった。「世界で一番美味しいチョコレートだよ」と彼は言った。口の中でなめらかに溶けるチョコレートにくらくらしながら、その通りだと思った。それは「ラ・メゾン・デュ・ショコラ」というブランドで、いまや日本のあちこちに店舗がある。

ちなみに担当T嬢は大学生時代に表参道《おもてさんどう》の「ラ・メゾン・デュ・ショコラ」でアルバイトをしていたらしい。出会ったばかりの頃、その話を聞いて、彼女の好感度が急上昇した。

二十代の頃、仲良くしていたトランスジェンダーのお姉さんにパリ土産でもらった「パトリック・ロジェ」のボンボンショコラの詰め合わせも夢のように美味しかった。

このブランドはまだ日本に店舗がない。

友人の父親は美術関係の仕事をしていた。トランスジェンダーのお姉さんはダンサーだった。二人ともとても美意識の高い人だったし、嗜好品には決して妥協しなかった。「嗜好品だけは絶対に美味しいものじゃなきゃ、だって必要ないといえばないものなんだから」とお姉さんは言い、それは彼女の愛する舞踏にも通じるポリシーなのだと感じた。彼女はほんとうに美しかった。

たとえ、なにも栄養にならなくとも、美味だけのために口に入れる。酒、茶、菓子、そういった嗜好品を私は愛している。なくてもいい、けれど、なければ人生の輝きは減る。嗜好品は魂のための食べものなのだ。その中でもチョコレートは王様である。私にとっては美味の結晶であり、自由の象徴だ。

嗜好品に贅沢《ぜいたく》をできない世界を想像すると暗澹《あんたん》たる気分になる。働く気力も失せよう。とはいえ、報酬をすべて高級チョコレートで欲しいとまでは思わない。贅沢はたまにするからいいのだ。そういう意味でもチョコレートの祭典は一年に一度でちょうどいい。

「いい」食べもの

「世間一般で『わるい』もしくは『いい』とされているものを食べに行きましょう」と担当T嬢が言った。ごはんを食べさせてくれるようだ。

「いま『わるい』とされているものってなんですか？」

「糖質制限ダイエットブームですしね、炭水化物、乳脂肪。あとは、添加物、ファストフードなどでしょうか」とT嬢。

「じゃあ、京都ピネライス、金沢ハントンライス、長崎トルコライスという糖質まみれB級グルメツアーをしましょうよ！」

勢い込む私を、「『いい』のほうがトライする価値がありそうですね」とT嬢はさらりとかわし、勝手に店を選んでしまった。無情である。

昨今、「いい」とされているのはオーガニック、ローフード、マクロビ、グルテンフリー、発酵食品、スーパーフード、スローフード、ファスティングなど、健康志向の食事だそうだ。片仮名のものはほとんど調べなくては意味がわからなかったくらい健康食に疎い。しかし、ファスティングこと断食まで食事に入るところに食の業を感じる。

表参道で待ち合わせをした。雑誌やテレビで見かけるお洒落街である。しかし、銀座だろうが六本木だろうが、どんな東京の心躍る街も、公共交通機関が苦手な私にとっては辿《たど》りつくまでが悪夢だ。歩いてどこへでも行ける京都が恋しくなる。

その日も、長い長い地下鉄の階段を上って表参道の地上にでた瞬間から私のテンションは低かった。「まずはグルテンフリー麺とデリのランチに行きましょう」と言うT嬢に、「ランチって苦手なんだよねえ。混んでいるしさあ、カップに入った薄いスープとかフィンガーボウルみたいな器に盛られたへろへろの葉野菜とかついてくるじゃない。あれ、なんの意味があるのかな。味も栄養もほとんどないでしょ。人間も食べものも、頼んでいないのにくる奴《やつ》らが嫌いだよ」と偏屈爺ぶりを発揮する。

T嬢、まるで動じずスタイリッシュな商業施設へと私を誘導する。半地下になったフロアに、コの字のカウンターが見えた。一瞬、ジェラート売り場かと思った。色とりどりのデリが長方形のバットに盛りあげられ、コックコートを着た店員たちがトングを手にして待ち構えている。彼らの背後の壁にはかぼちゃ、玉ねぎ、人参、トマト、カリフラワーといった野菜がオブジェのように積みあげられ、ひっきりなしにミストが降りかかっている。お洒落な料理番組のセットのようだ。しかし、店員よ、ミストは寒くないのか。あれは本物の野菜なのか、後でちゃんと使用するのか。

もやもや悩んでいる間に前に押しだされる。まずは麺を選ばなくてはいけないようだ。続いて、麺にかけるソース、主菜デリ、副菜デリ、トッピング……それらをプレートに盛ってくれる。後ろに人が並んでいく。ああ、この選択スタイル、苦手なやつだ。「この中からお選びください」の声にせっつかれる。ライスヌードル、ケール麺、蒟蒻《こんにゃく》麺……。豆腐麺を選ぶ。

続いてソース。十二種類以上ある。シグニチャーだのオメガ3だの、まるで解説になっていない文字が並ぶ。だが、調べている暇はない。この中から即断できる人ってすごい。日々バリバリ英断を下している意識高い系ビジネスマンならわけもないのかもしれない。そもそも意識高い系ってなんだろう。菓子と肉への意識だったら私だってべらぼうに高いんだけど。うだうだ考えても決められず、店員に提案されたソースをかけてもらう。

目の前に提示され続ける選択事項にとまどい、判断能力をなくした私たちのプレートは、お洒落とはほど遠いものになった。好物の根菜のせいで全体的に地味色になった私の皿は、発芽キヌアミックスをトッピングに選んでしまったことで鳩《はと》の餌みたいになった。お洒落野菜ロマネスコや緑のケール麺、シトラス類を使ったサラダなどで、インスタ映えを狙ったT嬢の皿も、蒸し鶏と唐辛子ピーナッツを選び一気におっさん臭くなってしまった。茹で卵ですらビーツで紫に染め、サラダは赤や緑や白といった同系色で作られ、ビジュアルが重視されている店なのに、選ぶ側に確固たるビジョンがないとこうも無残な結果になるのか。

さて、実食。麹《こうじ》で柔らかくした鶏肉がおいしかった。うむ、これが発酵食品の応用か。野菜は大きめにカットされているので食べ応《ごた》えがある。炒め物はナッツやドライフルーツが混ぜられていて味の変化と食感が楽しい。ただ、豆腐麺は水分が少なく、やや梱包材めいている。段ボールをシュレッダーにかけたようだ。

もそもそと食べていると、T嬢が「わりと味が濃いですね」とぼそりと言った。健康志向なのに薄味ではないことが意外だった。思わず「だよね、酒が飲みたくなる」ともらしてしまう。

しかし、アルコールメニューはない。まわりは私服だが勤め人らしき人ばかりで、間違っても昼からアルコールを要求しそうにない。酒が飲みたい。代わりにするのは、黒豆茶とレジで渡された野菜のだし汁（茹で汁か？）。飲めない体ではないのに飲めない、というのはなかなか切ない。

「いい」食べものってなんなのだろう。「気分じゃないですか」とT嬢は言う。

「さっき千早さんが嫌いと言っていたセットのサラダも、私は野菜を摂《と》ったという気分を満たすために食べています。実際に栄養がほとんどなくても」

一理ある。けれど、これが戦時中だったら、栄養価の高いものが「いい」食べものになる。私が病人だったなら、滋養のあるものや精のつくもの。ということは、健康志向の食事に興味を持てないのは、私がいま健康体だからなのだ。裏を返せば、ここにきている人は自らを不健康だと思っているのではないか。

そんなことを話しながら、美容にいい食をうたうカフェにデザートを食べにいった。現代アートのギャラリーみたいな店内で、私は米粉のホットケーキを、T嬢は「体にいい素材だけでできた食べてきれいになるパフェ」を頼んだ。こう書くと冗談みたいだが、本当にそう印字されていた。でてきたパフェは食用花で飾られた可愛いものだった。ホットケーキは妙に重く、鋳物《いもの》の鍋の蓋のようにどっしりしていた。

味は悲しいものだった。ひと口もらった砂糖不使用のパフェは甘さがなく、青臭く、乳脂肪分が少ないせいか粉っぽく、凍らせた野菜ジュースのような取りつくしまのない味がした。米粉ホットケーキは簡潔に言えば餅だった。餅は好きだが、餅にはもっとおいしい食べ方がある。

さっきの豆腐麺だって、中華の前菜で使えばきっともっとおいしい。蒟蒻麺なんて要するに白滝なのだから、この寒い季節なら鍋に入れたら最高だ。別に無理に麺に加工しなくてもいい。豆腐は豆腐で、蒟蒻は蒟蒻で最適な食べ方があるはずだ。

アレルギーや病気のせいで特定の食材が食べられないとか、非常時で食材が足りないならば代用品を使う意味はある。でも、あくまで健康食を目指すならば、「いい」とされる素材でまったく新しい料理を考えるべきだと思う。「わるい」料理を「いい」ものだけで作っても、オリジナルの味や食感が恋しくなってしまう。

カトルカールという伝統的な洋菓子がある。四分の四という意味で、砂糖、小麦粉、バター、卵の四つの素材を同分量で作る。昔、精神を安定させたいときに作っていた。シンプルなのに難しい菓子で、それぞれの素材の特性をよく知らないと毎回同じ仕上がりにはならない。いま世に普及している加工食品や料理は、長い時間をかけた試行錯誤によってできている。それに比べて、健康食の歴史はまだ浅いのだと感じた。

「いい」飯の後、矢も楯《たて》もたまらず老舗洋菓子店「ウエスト」の喫茶に駆け込んだ。卵をしっかりと活《い》かしたプリンとロールケーキが最高に美味しかった。昔からある味の安定感に心の底から癒された。

健康のことは、不健康になってから考えよう。

暴食野郎

人を支える良いものと書いて「食」なのに、ときどき食べもので体を悪くしたくなる。基本的に私は「良薬口に苦し」は信じない。健康のために食事をするなんて人生の無駄だと思っている。食べる目的はただひとつ。体が求めるから。そんな風にシンプルでありたい。

なので、暴食の波がやってきたら、馬鹿みたいに食べる。お腹が減っていなくても食べる。胸やけがして気分が悪くなってきても食べ続ける。具合が悪くなる、食べものが毒に変わる、それこそが暴食の醍醐味《だいごみ》だから。

暴食するときは、たいてい精神状態が悪いときだ。執筆がどうしても進まず、何日もパソコンの前に座り続け、締切が迫りくると、徐々に心が腐ってくる。思春期か、と思うくらい苛々《いらいら》するし、自分が世界で最も無為な存在に思えてくる。しかし、自分のせいであることはわかっているし、自分以外の誰にも頼ることはできない。

そのようなとき、体がはっと気づく。そんなに精神がボロボロならば、体もボロボロにしなくては足並みが揃《そろ》わないじゃないか、と。無茶苦茶な理屈だが、それを無茶苦茶だと思えるのは平常時だからであって、精神状態がすっかり悪くなっている私にはまっとうなことに思える。そして、暴食へとひた走る。

自分で言うと嫌味だが、私はわりときちんとした生活を愛する人間だ。起きたらベッドメイクをして、洗濯機をまわし、掃除機をかけ、午前のうちに家事を済まし、空いた時間ができたら整理整頓をしている。ひきこもりがちゆえに、家が世界のほとんどを占めることになるので、室内は清潔ですっきりとした空間に保ちたいのだ。

食に関しても同様で、その日のメニューを決めると、先に下ごしらえなどを済ませてから執筆に入る。仕事が忙しい時期は、あらかじめ常備菜をいくつか作って冷蔵庫にストックしておく。疲労回復用の肉も冷凍庫に眠っていて、いつでも食べられるようになっている。料理は息抜きにもなるので、仕事の合間にちょこちょこと台所に立つ。予定通り仕事が済むと、網で鶏ささみや万願寺とうがらしなんかを炙ってゆっくり晩酌をする。日常食はかなり充実している。

けれど、いざ精神がやさぐれだすと、そのような健全な家ごはんになど目もくれなくなる。ひじき煮や蓮根《れんこん》きんぴらといった地味色の常備菜なんか食べものにも思えない。まともに原稿を書けていない私に肉を喰う資格なんかない。冷蔵庫に背を向け、改造バイクを飛ばすような気持ちでコンビニに走る。

　スナック菓子は「キャベツ太郎」や「スコーン（和風バーベキュー）」「ポリンキー（めんたいあじ）」といった表面塩分濃度が高そうなものをチョイスする。ちなみに「ハッピーターン」の「パウダー250％」ぐらいの味の濃さが最高。スナック菓子を何袋も買い、シンナーや煙草《タバコ》を吸うヤンキーのように虚《うつ》ろな目をして食べ続ける。しかし、どうしても袋から直接食べることができず、ちゃんと一袋ずつボウルにあけてしまうところがワルになりきれず恥ずかしい。

「プリッツ（サラダ）」や「ポッキー」といったスティック状スナックは三、四本一気に口に押し込む。「チキンラーメン」はそのままバリボリと齧る。こういうときは、好きなパティスリーのケーキも高級チョコレートもお土産でもらった地方の銘菓も常備フルーツも食べない。ひたすら乾きものを摂取する。

　担当T嬢が一度「スナック菓子を食べ過ぎると舌が切れますよねー」と言っていたことがあるので、彼女も相当な暴食野郎な気がする。確かに、食べ続けていると舌が切れてくる。

　とはいえ、スナック菓子は軽い。綿菓子のような、霞《かすみ》のような、味はあるが実体はあまりないものである。どしんとくる炭水化物が必要だ。なので、舌が切れてくると、食パンに移る。スーパーなどで売っている、大手製パン会社のビニール袋入りの食パンだ。暴食の際は五枚切りを選択する。

ふだんはパンをスーパーで買うことがない。パンは料理人である殿が作ってくれるし、京都はパン消費量日本一だそうで近所にたくさんパン屋があるからだ。パンを焼く芳ばしい匂いが流れてくれば、スーパーで静かに並ぶ袋詰めパンより焼きたてのほうに行ってしまう。食パンも通常は分厚い三枚切りが好きなので、パン屋で好きな厚さに切ってもらって買う。

ただ暴食の際はある程度の薄さが必要になってくるし、なるべく自己主張のない食パンが欲しい。スーパーで買ったやわらかく白い食パンで、板チョコを一枚挟んで即席のチョコパンを作り、そのまま食べる。トーストはしない。なにも手を加えない、調理しない状態の食パンを私は生パンと呼んでいる。板チョコやインスタント焼きそばや砂糖バターや味海苔《あじのり》を生パンに挟んでむしゃむしゃ食べる。一袋食べるとだいたい具合が悪くなる。

げっぷを呑み込みながら、腹の膨満感を少しでも和らげようと床に横たわる。散乱する空袋を眺めて、我が暴食ぶりを再確認する。大人のくせに、仕事もせずに、袋菓子を食べて寝っ転がっている。完全に身も心も駄目人間である。そう思うと、妙に晴れがましい気分になる。笑いだしたくなる。笑うと吐きそうなので笑わないけれど。

そういう日は早く寝る。気持ち悪いよう、と呻きながら。体のしんどさだけに意識がいき、精神は放っておかれる。すると、次の日には憑《つ》きものが落ちたようにすっきりしている。

お茶を淹れ、まだ重い胃を抱えてパタパタとキーボードを打つ。そんな感じで作家生活も十年目になるが、幸い原稿を落としたことはない。

痛い飲みもの

妹がひとりいる。ふたりきりの姉妹だ。

似ているという人もいれば、似ていないという人もいる。尻の大きいところは似ているが、妹のほうが私よりはるかに背も高く、小さい私は「豆ねえちゃん」と呼ばれている。

私と妹は二歳半しか違わないが、彼女が産まれたときの記憶がある。へその緒が首に巻きつき、死にかけて産まれてきた妹は青白い赤子だった。私はそんなことはおかまいなしに「これ、茜のいもうと？」を連呼していた。嬉しかったのだ。私の狂喜ぶりに不安を覚えたのか、両親が言った。

「茜はお姉ちゃんなのだから守らなきゃいけないよ」

すりこみのようにその言葉は残った。その日から、視界のどこかに妹がいるようになった。

暇さえあれば妹を観察した。私が言語や自我を獲得していくさなか、妹はほやほやとした赤子だった。私と違っておとなしい子だった。イヤイヤと騒ぐこともなく、ぽかんと口をひらいてよだれを垂らしている。手がいつも湿っていた。それでも、汚いと思ってはいけないと自分を戒めながら面倒をみた。妹は喋れるようになるのが遅かったのだが、それは私が妹の要求をいつも先回りしてやってあげていたせいだと両親は言う。それくらい私は妹の一挙一動に集中していた。

妹が歩けるようになると問題が発生した。よく転ぶのだ。しかも手がでず、顔面からスライディングするように豪快に転ぶ。どうやら頭のはちが大きく、重いようだった。それを差し引いても妹はちょっと動きが鈍かった。ますます心配になった。

もうひとつ気になることは妹の食欲だった。彼女はよく食べる子だった。私はいまでこそよく食べるが、小さい頃は食が細かった。潔癖なところがあったので偏食がちだったし、疑い深く臆病で、はじめて見る食べものや人に差しだされたものは、嗅いだり触ったりしてからでないと口に入れられなかった。

妹はまったく違った。目の前に食べものを差しだせば、なんのためらいもなく食べた。どんどん食べさせても素直に口をひらく。ベビーチェアに大仏のようにどっしり座り、口の中を食べものでいっぱいにして、もっくもっくと咀嚼《そしゃく》している。なんとなく豪気を感じさせる食べ方だった。

スプーンで妹に食事を与えている私の写真があるのだが、昔それを見た友人に「なんか……カッコウの雛《ひな》に餌をやる鳥みたいだね……」と言われたことがある。動物好きの人はわかると思うが、わからない方はぜひ画像を検索してみて欲しい。

私は妹の食べる姿に畏怖の念を覚えた。なぜ同じ親から生まれ、同じ家で育っているのに、こんなにも食に対して寛容というか無防備なのか。体に異物を取り込むことに、まるで恐れがないように見えた。もちろん私も小さかったので、違和感を言語化できていたわけではない。けれど、なんとなく妹の食べる姿に圧倒されていた。

決定的に自分とは違う、と思ったのは、食べながら寝るところだった。食べているうちに目がとろりとしてきて舟を漕《こ》ぎだす子どもならよくいる。けれど、妹のそれは突然だった。もっくもっくと口をいっぱいにして食べていたかと思うと、いきなり皿の中に顔面を突っ伏す。また頭が重いものだから速度がつく。飛び散る食べもの。皿に顔を埋《うず》め、ぴくりともしない妹。おそらく口の中にはまだ食べものが残っている。スナイパーに撃ち殺されたギャングのボスみたいで、ものすごく怖かった。食べものを枕くらいにしか思っていないのか。こいつはただ者ではない、と思った。

やがて家族でアフリカに引っ越すことになり、妹は姉妹でありながら、特殊な環境を共有する同志になった。塀に囲まれた庭で毎日一緒に遊び、日本の通信教育を受け、アメリカンスクールではふたりだけの日本人だった（後に増えた）。

妹は海外に行ってもやはりよく食べていた。私のように食事を残したり、食べないと駄々をこねていたりしていた記憶はあまりない。

アフリカでは生水が飲めなかったので、水は煮沸してから使っていた。飲み水は洋酒の空き瓶につめて冷蔵庫に入れていた。ペットボトルがなかったのだ。私たちのいたザンビアはもとイギリス領だったせいか、ジンやウイスキーが多かった気がする。赤いチェックの制服姿の兵隊が描かれた「ビーフィーター」をよく覚えている。

その日、いつものように庭で遊んでいた。喉が渇いたと妹が言い、走って台所に続く裏口へと行ってしまった。妹が見えなくなると急に心配になった。虫の知らせというやつだろうか。裏口のドアを開けると、絶叫が耳を貫いた。

妹が台所の床でわんわん泣いていた。冷蔵庫は開けっぱなし。「痛いー！　痛いー！」と泣き叫ぶ妹の横には洋酒の瓶があった。水と間違えてジンを飲んだのか、麦茶と間違えてウイスキーを飲んだのか、忘れてしまった。けれど、四十度近くあるスピリッツだったことは確かだ。きついアルコールの匂いがただよっていた。嗅げばわかっただろうに、食に対して警戒心のない妹は一気にごくごくと飲んでしまった。

大人たちは大騒ぎをしたけれど、幸い妹はしばらく横になっただけで回復した。アフリカの家にはバーカウンターがあったのだが、その事件以来、並んだ酒瓶を見るたびに、お酒って痛いものなのか、と思った。あの、おとなしい妹が泣き叫ぶほどに。

その経験のせいか、もともとアルコールに強い体質だったのか、大人になった妹はかなり酒に強い女性になった。そして、なぜか今はすっかり小顔だ。

海外でも、日本に帰ってからも、つらいことや苦労はあった。妹を守ろうとしてきたつもりだったけれど、彼女のおおらかさに救われていた部分は大きい。そもそも人が人を守ることはできない。一緒に育って、誰より近くにいても。

ときどき一緒に食事をする。相変わらずもっくもっくと食べる。ひとくち食べて「おいし～い」なんて絶対に言わない。ひとしきり真顔で食べて、「ねえちゃん、これうまいわ」と顔をあげる。

小さい頃から見てきたんだからわかるよ、と思う。言わないけれど。

食いだおれ金沢（前編）

二月の前半に金沢での仕事が決まったのは、二〇一七年の初夏の頃だった。祇園祭《ぎおんまつり》のさなか、金沢市役所の方々がはるばる京都まで打ち合わせに来てくださった。明確な日時が決定した瞬間に、ああ……香箱蟹《こうばこがに》のシーズンが終わった後だ、と心の中でうなだれた。いや、でも金沢の美味は香箱蟹だけではない。蒸し風呂のような京都の路地を歩きながら、冬の金沢に想いを馳《は》せた。

金沢とは縁が深い。妹が住んでいる。小説家になる前に、妹に会いがてら取材に行き、そうして書いた作品は私のデビュー作『魚神《いおがみ》』となった。この作品は金沢市が主催している泉鏡花文学賞《いずみきょうかぶんがくしょう》をいただいた。授賞式や講演会で金沢へ足を運ぶ。北陸新幹線が開通したときは、北陸を舞台にした短編の依頼がきて、また金沢へと取材に赴いた。

そうこうしているうちに妹は金沢の伝統工芸の職人と結婚し、プライベートでもたびたび訪れることになった。すべて偶然であるけれど、こう続くとなにやら因縁めいている気もしてくる。

金沢は好きだ。海の幸も酒もとてもおいしいから。住めば別の面も見えてくるだろうが、旅先の地を好きになる理由としては「おいしい」で充分な気がする。

今回の仕事はトークショーだった。普段ひきこもりなので、人前にでるのがひどく心もとない。担当T嬢に「終わったあとに寿司を奢《おご》るからついてきて」と頼むと、ふたつ返事で引き受けてくれた。彼女も金沢の美味には抗《あらが》えない。


トークショーは連休初日の土曜日だった。その週、北陸地方が記録的な豪雪でニュースになっていた。妹から「こんな雪、十年以上住んではじめて」と不安げなメールが届く。T嬢からも「雪すごいらしいですよ」と連絡がくる。ツイッターの金沢在住のフォロワーさんも心配してくれる。

ネットの定点カメラでトークショー会場の金沢21世紀美術館を見てみると、近代的な建物が雪に覆われて地球外生命体の基地みたいになっていた。

それでも、さほど気にならなかった。私は晴れ女だ。

果たして、当日。やはり奇跡的に雪は止み、在来線も新幹線も動いた。T嬢と東京駅で合流して金沢に向かう。新幹線で駅弁をひろげ、チョコがけドライフルーツの詰め合わせを食べ、すっかり遠足気分。金沢駅に到着するやいなや、お土産売り場に突撃する。

加賀棒茶を買い、餅菓子を物色し、酒売り場の地酒バーで飲む人々を羨む。なにをしにきたのかわからない。

買い込んだ酒と土産をホテルに預け、会場へ。楽屋まで用意していただき、緊張しつつも、楽屋鏡の前で女優ごっこをして遊んでしまう。金沢市役所の方々にさぞ呆れられたことだろう。そして、トークショー。思った以上の人に足を運んでいただき感激。みなさん、とても優しく好意的で、ひとりひとりに握手してまわりたくなった。

金沢の魅力を訊かれ、いがらまんじゅうについて語った。いがらまんじゅうというのは、こし餡を包んだ餅にクチナシで染めた糯米《もちごめ》がまぶされている和菓子だ。祝い事でふるまわれる五色生菓子のひとつで、派手なタクアンのような色をしている。ひとつの菓子で餅と糯米の両方を味わえる菓子は、他にないと思う。餅好きにとっては夢のような代物だ。

幸運なことに聴者の方からいがらまんじゅうをいただいたので、終了後に楽屋で食べる。どんなにくだらない内容でも、喋るとけっこうお腹がすく。足りずに、金沢市役所の女性に勧められたケーキ屋に行って、柑橘のタルト、カシスとチョコレートのケーキを平らげてひと息。それから、金沢21世紀美術館の展示を見て、みぞれが降りだす中、予約していた寿司屋へ向かった。

トークショーが終わった辺りから、私とT嬢の間には解放感が満ちていた。カウンターに座るやいなや、もう酒を飲んでいい、という状況にますますゆるむ。そこに、つきだしのマグロ頬肉《ほほにく》のたたき。眉毛がハの字になるくらいとろっとろで、完全に欲望のリミッターが外れる。

通の寿司ルールは諸説あれど、私はグルメでも食通でもないので、どこでもルールはただひとつ。食べたいものを食べたいだけ食べる、だ。お勧めの刺身や握りをいくつかだしてもらってからは好きなものを頼む。ブリの季節のようで、おろし和《あ》えも漬《づ》けもブリトロも美味。こりこりのアカニシ貝、透明な脂が水のようにあふれだすノドグロの塩焼き、T嬢は豊富な海老を攻め、私は赤身派を貫く。炙り白子軍艦は二人ともお代わりした。板前さんに「おいしいですか？」と言われるたびに「おいしいですー！」と合唱になる。

彼女は『魚神』の担当だった。泉鏡花文学賞をいただいたときも一緒に金沢に行き、寿司を食べた。「もう八年になりますね」「あのときも白子をお代わりしたねえ」と昔話に花も咲く。当時デビューしたてだった私は、壇上に立つ前、緊張のあまり体が冷えきってしまい、彼女が私のワンピースをめくりあげて背中や尻にカイロを貼ってくれた。八年でずいぶん図太くなったものである。

いい気分になった私たちはコンビニで酒と菓子を買い込みホテルに戻った。T嬢の持っていた紙袋がみぞれで濡れて破れたのすら可笑《おか》しくてたまらない。旅先で羽目をはずす駄目なおっさんと化した私たちにも金沢の人たちは優しかった。「その袋、取りかえましょうか」と声をかけてくれる。

深夜までお喋りしながら、スナック菓子を開け、昼間に「すゞめ」で買った豆大福といもちどらを食べた。

そして、朝、どこでも変わらず空腹で目覚める。「モーニングいこうよ。十時までだよ」と声をかけるも、T嬢の様子がおかしい。

食いだおれ金沢（後編）

担当T嬢はきりりとした顔をしている。すっぴんでも凜々《りり》しい。いつもより動きが緩慢だが、顔の造りのせいでなんとなく大丈夫に見えて、一緒にモーニングブッフェへ行った。

ホテルのモーニングブッフェは危険だ。和食も洋食も取り放題な上に、カレーの匂いがただよっているし、コックコートを着た従業員が「好きな具を入れたオムレツを焼いてあげましょう」と待ち構えている。結果、ご飯と味噌汁のあとに、カレーライス、チーズオムレツ添え、北陸名産ガスエビ唐揚げトッピングのひと皿を作ってしまった。

私が暴食している間もT嬢はフルーツとヨーグルトを前にじっとしている。お粥すら食べない。私がカレーを完食し、焼きたてのフレンチトーストにシロップをかけた辺りで「すみません、先に部屋に戻ります」と席をたってしまった。

食後の紅茶を飲み終え、部屋に帰ると、T嬢がベッドに倒れていた。顔に色がない。吐き気がするらしい。「『わるたべ』担当者として情けない……」と呻いている。今日は金沢B級グルメに挑戦する予定だった。

結局、T嬢の体調が戻ったのは昼過ぎで、無念そうに金沢を後にした。

その晩、私は妹夫婦と加賀野菜と魚の料理をだす割烹《かっぽう》へ行った。九谷焼《くたにやき》の皿に盛られた丁寧な料理は目にも舌にも楽しく、やはりブリが美味だった。吸い物に入っていた「のとてまり」というまん丸の椎茸《しいたけ》が、かつてない出汁吸収力で驚く。妹と「すごいね」「これ口いっぱいに頬張ったら溺れるね」と言いながら食べた。


次の朝、目覚めると景色が白かった。京都へ戻る特急サンダーバードは終日運休。連休の最終日だったので、金沢駅は人でごった返していた。

すぐに諦めて、香林坊《こうりんぼう》の「グリルオーツカ」へ向かう。地元の方に教えてもらったB級グルメ、ハントンライスの有名店だ。雪を踏みしめて歩く。きこきこする部分、シャーベットのような感触、落とし穴のように膝まで埋まったりもする。ときどき、軽く吹《ふ》雪《ぶ》く。ちらつく白に視界が乱される。楽しむ私を尻目に、朝から雪かきをしていた妹夫婦は足早に行く。背中が「もう雪など見たくもない」と語っている。なんとなく寂しい。

いつも行列だと聞いていたが、雪のせいか店は空《す》いていた。コップを拭いていたお爺《じい》さんがハントンライスという名前の由来を教えてくれる。ハンガリーの「ハン」、「トン」はフランス語でマグロのことだそう。海老とカジキのフライがのっているオムライスだ。

「ハンガリーではね、鯉《こい》を食べるんだけど、ほら金沢では食べられないから」

「そういえば、この間読んだハンガリーの本で鯉を食べてました」

「そうでしょう。ハントンライスはね、昭和四十三年からやってるんだよ」

「なぜハンガリーとフランスなんですか」

お爺さん、答えてくれず。スープもおいしいよと勧めてくる。

メニューを見ると、「ナポリスパゲッティ」も「ギリシャ風エビピラフ」もある。多国籍だ。

「マカロニグラタンもおいしいよ。うちのはね、長いの」

なにが長いのか、皿か、マカロニか。またも、お爺さん、答えてくれず。

すごく気になったが、初志貫徹でハントンライスを選ぶ。「女性は小にしたほうがいいよ」と言われるが、通常サイズをお願いしてスープもつける。

店内には西洋画が飾られ、青年漫画が並び、雪山のペンションのようだ。バターとケチャップの香りがただよっている。エプロン姿の女性たちがきびきびと店をまわしている。すぐに銀色の皿が運ばれてきて、ビニールのテーブルクロスの上にどんと置かれた。でかい。したたる半熟のオムレツが帽子のように盛りあがっている。その上にフライがごろごろ、ケチャップと、クリームみたいなタルタルソースがどばどばかかっている。

オムレツの中はケチャップライス。具がケチャップのみの赤いご飯がみっしり。

スプーンを突っ込んで口に運ぶ。ザ・ケチャップ感が潔い。馴染みのある調味料と食材だけで作られた安心できる味。すぐにエネルギーに変わってくれそうで、雪で冷えた体には適している気がする。

数年前、室蘭《むろらん》で食べたカレーラーメンを思いだす。カレーは好きだが、カレー味は苦手だ。カレーうどんですら顔をしかめてしまうのに、興味のないラーメンと合わさっていることに躊躇《ちゆうちよ》したが、地元のタクシーの運転手に勧められて食べた。うまかった。おいしい、ではなく、うまい、と思った。鼻水を垂らしながら夢中で食べた。

ハントンライスはそのときのうまさに似ていた。息もつかずにがつがつと食べる。これは、ハンガリーでもフランスでもない、寒い雪国の飯だ、と思った。雪道をこいだ後にこそ相応《ふさわ》しい。これは正しい食べ方をした、と勝手に納得しながら空になった皿を眺めた。

ちなみに、「雪道をこぐ」という言い方は北海道弁らしい。道産子《どさんこ》としての雪の感覚をハントンライスで取り戻すことができ、満ち足りた気分で店を後にした。

その後は甘味スイッチが入り、大好きなショコラトリー「サンニコラ」へデザートを食べに。金沢は三大和菓子処《わがしどころ》でもある。いがらまんじゅうだけでなく、いろいろ買ってみる。「越山甘清堂《こしやまかんせいどう》」の絵柄が可愛い焼きまん、「柴舟小出《しばふねこいで》」の生姜煎餅《せんべい》のような柴舟、三種の蒸しカステラの山野草、「圓八《えんぱち》」の竹皮に包まれたマットなあんころ餅、「中田屋《なかたや》」のきんつば、など買いあさる。季節柄なのか萌黄色《もえぎいろ》のふくさをあちこちで見かけた。金沢の和菓子は色が元気な気がする。苺大福は心なしかピンクが濃く、七月の氷室《ひむろ》饅頭はパステルカラーだ。仏事用の薄いブルーの上用《じょうよう》饅頭も見つけた。

次の日も特急サンダーバードは動かず、東京経由の新幹線に乗った。大量に買い込んだ和菓子をもくもくと食べながら京都に戻った。T嬢に金沢で食べたものを報告すると、「しょせん私の『食力』と『体力』など千早さんの足元にも及びません……」というしょんぼりした返信がきた。

ちなみに、帰宅後に「グリルオーツカ」を検索したところ、コップを拭いていたお爺さんはハントンライスをはじめた二代目の方だった。笑顔の優しい人だった。

次の冬の金沢は、「宇宙軒食堂」の「とんバラ定食」をぜひとも体験したい。

花を喰う

「お花がごちそうだね」

アフリカに越してすぐのこと、慣れない環境に疲れきった家族に、幼い私が言ったそうだ。

まったく覚えていない。母から聞いた話なので詳細は不明だが、食べものが合わないと不平をもらす家族に、自然の美しさで心をまぎらわすよう私が勧めたらしい。疑いたくなるような風雅な話だけれど、あの国の花の鮮やかさは今も記憶の底にある。もう触れられない美しさを思いだすと哀《かな》しくなる。花の色を思いだすのはきまって春で、そのせいか春はいつもちょっと胸の底がひんやりとする。

日本で一番好きな花は桜だ。桜が好きすぎて『桜の首飾り』という短編集をだしてしまったくらい。今年も咲くと思うと、嬉しい反面、過ぎ去ったたくさんの桜を思いだして半笑いのような半泣きのような表情になってしまう。

桜といえば、最近は春になるとコンビニや菓子屋に桜味商品があふれかえる。有名コーヒーチェーン店の舌を噛みそうに長い名前の桜ドリンク、桜アイス、桜シュークリーム、桜モンブラン、桜チョコレート、桜ミルクレープ、桜シフォンケーキ、桜パフェ……。外国人は日本の桜味の多さに驚くらしい。

桜味と認識されているのは、おそらく桜葉の塩漬けの香りだろう。桜餅にまいてある、かすかに色の抜けた葉だ。塩気があんこと合って、とても好きだ。桜湯もきれいで、ほのじょっぱくていい。

東京で寿司を食べたとき、鯛《たい》の下に桜葉が仕込まれていたことがあった。口に入れるとふわりと香り、感動した。

桜はしょっぱい。そして、白い。あえかな塩気があり、かすかに透けるような白が、私の桜の味のイメージだ。なので、桜餅も白の道明寺《どうみょうじ》を選んでしまう。

けれど、世の中にあふれる桜味スイーツは甘く、たいがい咲き誇るようなピンク色をしている。可愛らしい薄ピンクだ。「ピンク最強！」と言わんばかりのピンク。全人類の幸福を信じて疑わないようなピンク。春爛漫《はるらんまん》感がすごい。

たじろいでしまうのは、そういうピンクが自分には恐ろしく似合わないからである。

よって、桜味のものを勧められると、「ああ……桜ね」と微妙な顔になってしまう。嫌いじゃないのだが、積極的に選ぼうと思えない。ピンクはピンクでも桃やラズベリーを使ったものならば、なんの恥じらいもなく挑めるのに、桜味のピンクにひるんでしまうのはなぜなのだろう。

桜が花だからなのかもしれない。

花の色があふれかえる中で、花の味をむしゃむしゃ頬張ってしまうことに抵抗がある。お洒落フレンチで花のサラダがでてきたときも、「『いい』食べもの」取材で花のパフェを見たときも、心は弾まなかった。おいしい、おいしくない、では判断できないなにかが自分の表情を曇らすのを感じた。

おそらく、自分は花を食べる生き物ではない、という意識があるのだろう。

そもそも花が食事用の皿や器にのっていても、あまり美しいと思えない。

上手に調理された食材はとても美しい。「花より団子」と言われるように、食いしん坊は風流ではないと思われがちだけれど、食べものにだって無比の美しさはある。むしろ美しいから、私は食べることが大好きなのだ。皮がかりっと焼けた肉塊を切ったときのしっとりと血の色を残した断面、炊きたての白米の艶と湯気、茹でた瞬間の青菜の鮮やかな緑、油できらきらした揚げたてのフライ、グラサージュショコラのなめらかな光沢。食材を知り尽くした人間の手にかかった食べものには一瞬の輝きがあり、とても色っぽい。

けれど、花の美しさは自然の中にあって、咲き、朽ちていくところにあるのだと思う。

人の手のおよばない場所にあるからこそ、目をひき、惹かれるような気がする。私たちはまた次の季節に咲くのを待つことしかできない。ただそこに在るだけの花に様々な想いを寄せる。それがきっと花の「食べ方」だ。だから、食材として扱ってしまうことに、わずかに禁忌を覚える。

ときどき、鳥や虫といった花を食べる生物に、花はどんな風に見えているのだろうと思う。色の見え方も違うだろうし、季節の移ろいを感じることもないだろう。きっと彼らにとっての良い花は、私たちにとっての美しい花とは限らない。食べものを見る目と、ものを観賞する目が、どれほど違うのか知りたくなる。

敬愛するハンニバル・レクター博士は人を食べる。もちろんフィクションだが、彼にとっては無礼な人間は食材であり、それらの人間がどんな風に彼の目に映るのかを想像してしまう。

食材と認識するのか、しないのか。ものの見え方が変われば、感じ方も変わるだろう。感じ方が変われば、きっと世界も変わる。

もし人間が食材だったら？

犬は？　ゴリラは？　イルカは？　雑草は？　虫は？　石は？　空気は？　花は？

人はどこまで食をひろげていくのだろう。桜味のスイーツを眺めながら、食人へと思考が飛んでいく。

衛生的にも倫理的にも食人が認可されることはないと思うけれど、いつか日本人は桜を眺めて「おいしそう」という感想をつぶやくようになるのかもしれない。

月のバー

大人になって良かったことのひとつに酒がある。世の中には驚くほどの美酒が存在し、ときおり出会うと一瞬で人生が華やぐ。

酒がとても好きだからこそ、酔っ払いを心から憎んでいる。酒は信頼できる人たちと楽しく飲みたい。吐いたり絡んだり、周囲に迷惑をかける酔っ払いがいると、酒飲み全体の質が下がるし、見ているだけで酒がまずくなる。

翌日、「酔っていたから」などと酒に悪事のすべてを押しつける姿勢も腹がたつ。「酒のせいじゃない、お前のせいだろうが！　酒が好きならちゃんと味わえよ！」と胸ぐらを摑《つか》みたくなる。

私が怒らずとも、大人の酒ルールが酒の番人によって厳守される場所がバーだ。

バーの雰囲気やマスターの方針は様々だが、好きなバーが見つかると安心する。食事と一緒に楽しむ酒と、バーで飲む酒はまったく違う。私にとってバーは酒を味わう場所でありながら、日常から切りとられた空間でもある。あまり愉快ではない会食のあと、仕事が煮詰まってどうしようもないとき、誰とも話したくはないけれど一人ではいられない夜、心地好く一日を終えるために好きなバーを目指す。

二十代の中頃から大好きだったバーがある。細い木の階段を軋《きし》ませながら二階へ上る。ドアを押すと、マスターが明るくも暗くもない声で「いらっしゃい」と言う。いつも同じ調子だ。カウンターの上には月のコースター。背後の大きな窓の向こうには、桜の木とひろびろとした夜の校庭があった。レコードを替えるときに響く柱時計の振り子の音。「月読《つくよみ》」という名の、それこそ月のように夜にぽっかりと浮いた店だった。

小説家になる前から通っていた。小説を書いていることを、私は誰にも話していなかった。親にも、友人にも、一緒に住んでいた恋人にさえ。常に二つ三つのバイトをかけ持ちし、休日は小説を書いていた。親には、フリーターを続けてこの先なにがしたいのか、と何度も詰問された。

なにを言われても小説のことは黙っていた。願掛けもしなかった。いつの頃からか、私は自分のことを神仏に祈るのをやめた。神の存在を信じていないわけではないけれど、もし神がいたとしても個人の願いを叶えてくれるようなものではないと思ったから。願いは自分で叶えるものだ。だから、本当の願いは叶えるまで明かさない。

けれど、「月読」のマスターにはぽつりと話したことがあった。おそらくそこが自分の生活と切り離された場所だったから。そして、マスターは「バーには守秘義務があるんですよ」と言っていた。「昔、体を壊した人は病院へ、心を病んだ人はバーか教会に行っていたんです」と。客の話す、秘密の恋も、悲しい別離も、マスターは静かに聞いていた。私の話もそういった無数の打ち明け話のひとつと思えば気が楽だった。

賞に応募するのは一度きり、二十九歳のときと決めていた。ここには書かないが、その理由はマスターだけが知っている。無事、小説家としてデビューすることになり、報告に行くと、マスターは「良かったやん」と言った。その頃にはわりと親しくなっていた。マスターとはよく結論のでない話を延々とした。歳の差はあっても言いたいことが言えた。

あれから十年、「月読」が閉店するという報せ《しら》がきた。地主が変わったせいで、バーの入っていた建物が取り壊しになるという。マンションだかホテルだかができるそうだ。常連たちは嘆き悲しんだ。私は飲んできた酒を思いだした。三十代前半までは格好つけてスコッチばかりを飲んでいたこと、数年前に小さな病気をしてからはフルーツを使ったカクテルとジンが好きになったこと、寒い晩に作ってもらう温かいカルバドスジンジャエールが美味しかったこと……。

最終日は告知されなかった。最後の日を特別なものにせず、日常のまま営業し、そっと密やかに閉店したいと、マスターは言った。一度も周年記念パーティーなどをしなかった、とても彼らしい幕の引き方だと感じた。常連仲間で最終日はいつか探ってみようという話もあったが、マスターは誰にも明かさないだろうと思った。私もマスターも頑固だ。だからこそ、通じる言葉があったのだ。

三月の中頃、食事の帰りに殿と「月読」に寄った。隣の席に店で知り合った人がいて少し話す。一杯目はオレンジブロッサム、二杯目はダイキリ。ダイキリから大喜利《おおぎり》の話になり、殿とマスターと三人でしばし大喜利をして遊ぶ。文筆業で生業《なりわい》をたてている私が一番下手くそでからかわれ、たくさん笑って、外へでると春の雨のぬるい匂いがした。気持ちの良い晩だった。

そして、その日が最後になった。

桜が咲いた。夜、足を延ばして「月読」の場所へ行ってみた。もう看板はない。毎年、バーの窓から眺めていた夜桜を見上げる。花びらが音もなく降ってくる。夜の桜は見つめているだけで酔えそうだ。

変わらないものなんてない、なんて、頭でしかわかっていなかったのだと思い知らされる。いつでも変わらず在るのだと信じていたことに気づかされる。そういう風にマスターが思わせてくれていただけなのに。

なにもかも、いつか散る。自分はどんな散り方をするのだろう。マスターのように信念を持ってこの仕事を終えることができるだろうか。

大好きなバーは記憶の中でまだぽっかりと夜に浮かんでいる。

鍋ドン

鍋の季節が終わる。

もう終わった、と思っている人がほとんどのような気がするが、寒の戻りだ、花冷えだと「まだ微妙に冬が残ってる！」と鍋にしがみついていた。けれど、そろそろ春だと認めねばならないようだ。

白菜が教えてくれた。昨夜、白菜を中華風炒めにしたら、煮るよりおいしく感じた。もう鍋は終わりなんだよ、と鍋の王様に諭された気分になった。

そんな鍋の王たる白菜だが、年明けくらいから異様に高かった。葉野菜をはじめとして葱《ねぎ》や大根までが高値で、果物や肉が安く感じられるほどだった。朝の遅い私が、昼を大幅に過ぎた時間にスーパーに行くと、もやしや豆苗《とうみよう》はいつも売り切れ。もはや高級品となった白菜やキャベツに手をだせず、野菜売り場でしばし立ち尽くす。

なんとか頭を切り替え、ゴボウをスライサーで薄切りにし鶏つみれと鍋にしたり、大量の茸《きのこ》を刻みまくって茸坦々鍋《たんたんなべ》をしたりしていた。

パティスリーやショコラトリー、デパートの菓子売り場では一瞬で欲望に支配され我を忘れるのに、スーパーではとことん堅実になれる。二十代の頃から一緒に住む相手と行きたいのは、遊園地でも映画館でもなくスーパーだった。スーパーはまともな金銭感覚を維持させてくれる大切な場所だ。スーパーを所帯じみていると言う人間と生活などというものは築けない。好きな男性のタイプは「野菜の底値について語り合える人」だ。

話を鍋に戻そう。今回の冬は白菜に頼れない分、いろいろな鍋をした気がする。先輩作家に教えてもらった鶏皮を葱と焼きつけてから作る鶏すき、大量にいただいた瀬戸田《せとだ》のエコレモンを使ったレモン鍋、台湾で買った香辛料で赤と白の火鍋も試した。水餃子や湯豆腐、しゃぶしゃぶも頻繁にした。

鍋料理が特別好きというよりは、大きな鍋を食卓のまんなかにドンと置くのが好きだ。「さあ、たらふく食え」と言われているようで、「よし食ってやろうじゃないか」という気力がみなぎる。週一回くらいはそういう豪快な晩ごはんにしたい。楽だし。餅を入れられるし。壁ドンは威圧的で嫌いだが、鍋ドンは大歓迎だ。

ドンと置く鍋はなんでもいい。土鍋でも、すきやき鍋でも、ル・クルーゼやストウブなんかのお洒落鍋でもいい。とにかく重量感があればいいのだ。

我が家ではカレーもテーブルのまんなかにドンと置く。キーマカレー、グリーンカレー、茄子《なす》と挽肉《ひきにく》のカレー、トマトチキンカレー、漫画『ちひろさん』にでてきた休日カレーなどいろいろ作る。本格派のカレーも、市販のルーを使ったじゃがいもごろごろの昭和感のあるカレーも、ルーを好きなだけ鍋からご飯にかけて食べるスタイルにしている。牛丼も鍋ごとだして、まわりに薬味の入った器を並べる。つゆだくにするのか、具だくさんの薬味増しにするのか、自由にやっていただく。もちろんお代わりも自由。ぶっかけものは遠慮なく食べたい。いざカレーだ、牛丼だ、というときに加減して食べるくらいつまらないことはない。がんがん食べて「あー食べ過ぎた！」と転がって後悔したい。

そして、鍋が食卓のまんなかにドンされているときは、テンションをあげて臨むのが暗黙のルールのようになっている。仕事を終え疲れて帰ってきた殿が、毎回ちゃんと「鍋だ！　なに鍋？　なに鍋？　締めは中華麺かな、うどんかなー」「お、カレーか！　食べ過ぎちゃうぞーこれは！」「やったー、薬味にパクチーがある！」と正しいオーバーリアクションをとってくれるので、いい奴だな、と見なおす。鍋ものはただ食べているだけなのに共同作業感もでる。喧嘩《けんか》をしているときの鍋はとてもまずい。ぐつぐつという音が精神的な煮つまりを表しているように思え、だいたい途中でどちらかが休戦を提案する。

思いかえしてみると、粥も土鍋で作ってドンしているし、スープも鍋ごとドンしている。忙しいとき、冷蔵庫にあるもので作る「アルモンデ」パエリアもフライパンごと食卓にだすし、やはりあるもので作るなんちゃってカスレやグラタンやラザニアも大きなココットで大量に作り、まんなかに置いている。さすがにフライパンではださないが、パスタでさえも取り分けずに大皿に盛る。二人暮らし感がまるでない。だから、急に友人が夕飯に加わることになってもあまり困らない。

せっかく食べるなら、楽しく食べたいのだ。鍋をドンするとイベント感がでる。

そういえば、殿とはじめて食べた家ごはんはお好み焼きだった。一人暮らしの部屋にホットプレートがなかったので、コンロで焼いてはちゃぶ台に運んで食べ、また焼きにいっては食べをくり返した。お酒を持ったまま台所と居間をいったりきたりしたせいで、食べ終わる頃はすっかり酔っぱらっていた。

まんなかに鍋やホットプレートをドンと置けるのは、二人以上の人間がいるからだ。この先なにがあるかはわからないけれど、人と食べる楽しさは忘れずにいたい。

鍋の季節が終わるのは名残惜しいが、野菜が青々とおいしくなっているので、来週は葉野菜と鶏天のサラダ手巻き寿司をしよう。桶《おけ》にたくさんちらし寿司を作ってもいい。暑くなったら、素麺《そうめん》を大量に茹でて、鍋いっぱいに作った茄子の煮物で食べる。辛いカレーもおいしくなるだろう。
こうやって、食欲から季節が変わっていくことを知る。

パンを投げる

食べものはいろいろなかたちをしている。

椅子《いす》も本も車もだいたい似たり寄ったりの形状なのに、食べものはやけに様々な形状に加工されている気がする。特に主食や菓子はバラエティに富んでいる。

意識してしまうと気になりだす。これだけいろいろなかたちがあるのはなぜなのか。なにか理由があるのではないか。小さい頃からそうだった。

「なんで食パンは四角いの？」

「運びやすいからじゃないの」

「じゃあメロンパンはなんでメロンのかたちをしているの？　なんでパンなのにメロンなの？」

「…………」

なんでなんでを連発する私に親は困惑し「自分で調べるのが勉強」と逃げた。

食べものの形状のなり立ちは調べても正直よくわからない。ヨーロッパの食べものは形状に由来する名前が多い。例えば、ガレットは「薄くて丸い」ものを意味するし、フィナンシェは「金融の」「金持ち」の意味で金塊のかたちに作られる。形状へのこだわりの強さを実感するのがパンで、我々がフランスパンとざっくり呼んでいる棒状のパンはパリジャン、バゲット、フリュート、バタール、フィセルなど、細さと長さによって名前が違う。それぞれに入れるクープ（切り込み）の数も決まっているそうだ。

けれど、「なんでパンを棒状にしたの？」と訊いて正解を言える人がいるだろうか。「ふわふわの中より、皮のパリパリを好む人が多いからじゃない」と殿は言うが、パン焼き釜が共同だった頃に場所を取らずに作れたから、乾燥するので日持ちする、など諸説ある。私は「なんとなく」なんじゃないかと思う。いま「なんで焼きそばをコッペパンに挟んだの？」と日本中のパン屋に訊いてもきっと誰も正解がだせないように、なんとなくやってみたらおいしかったから、というゆるい理由で新しい食べものはできていく気がする。

パンといえば、映画『グラディエーター』だ。リドリー・スコット監督の最盛期ローマ帝国を舞台にした大作で、冒頭の戦場シーンから人や馬が波のようにでてくるし、衣装も煌《きら》びやかだし、ＣＧもばんばん使われているしで、莫大《ばくだい》な製作費をひりひりと感じる作品だ。ラッセル・クロウ演じる主人公のマキシマスはローマ帝国将軍から奴隷へと転落し、円形競技場《コロッセウム》で剣闘士《グラディエーター》として見せ物の殺し合いをさせられることになる。帝国の英雄と称《たた》えられ皆に慕われながらも、故郷大好きで早く家に帰りたいマキシマス。そんな彼に嫉妬する、やたら肉親愛に飢えているダメ皇帝コモドゥス。二人の確執からはじまり二人の一騎打ちで終わるという、スケールが大きいのだか小さいのだかわからないストーリーだ。

観たいと思ったきっかけは武器と戦術だった。銃が開発される以前の戦いは生々しい。人体を一撃で破壊することを考えて作られる武器は禍々《まがまが》しく凶暴そうだ。投石器《カタパルト》の攻撃力に興奮し、統率力の秀でたマキシマスが指揮する隊列の美しさに惚れ惚れし、いや、でも人を殺して大喝采《だいかっさい》の世界は滅入《めい》るなあ、と眺めていた。

円形競技場は巨大で丸い。すり鉢状になっている。映画では五万近くの観客がいるという設定だった。売店とかあるのかな、と余計な心配事が浮かぶ。いくら楽しくても長丁場だと腹が減るだろう。奴隷のいる時代なので、各々自分の所有する奴隷に弁当を持ってきてもらうのだろうか。考えていると、草花で飾られた荷馬車が競技場へ入ってきた。乗っている男たちは花輪なんか頭にのせていて、それまでの殺伐とした雰囲気が一変する。荷台にはたくさんの籠。その中からパンを摑み、競技場の中を走りながら周囲の観客たちに投げはじめた。

パンを投げている！

運動会の玉入れのように、パンが空に放物線を描いて飛んでいく。もちろんパッキングなんかされていない、むきだしのパン。手を伸ばし、身を乗りだしてパンをキャッチしようとする観客たち。歓喜のどよめきが場内を包み、そのタイミングでテラス席にダメ皇帝がでてくる。パンを投げてもらってご機嫌の観客はダメ皇帝に声援を送る。まさに「パンとサーカス」。観客たちは奴隷が猛獣に襲われたり、剣闘士たちが殺し合いをしたりするのを眺めながら、投げてもらったパンをちぎり食べる。強靱なメンタルだ。

ちょっと焼きの強い、噛みしめがいがありそうなパンだった。クープも入っていない、丸めて焼いただけといった感じの素朴なパン。田舎パンと呼ばれるパン・ド・カンパーニュに似ている気がした。私はクロワッサンやブリオッシュといったヴィエノワズリー系のふわふわさくさくしたパンを好まない。どっしり重い無骨なパンの塊を切って食べるのが好きだ。なので、画面の中で投げられているパンはかなり好みの類だった。

けれど、そのとき、強く思ったのは「食べたい」ではなく「投げたい」だった。塊パンの、なんと投げるのに適したかたちをしていることか。楕円形《だえんけい》もしくはラグビーボール状のパンの多さよ。フランスパンだって槍《やり》のようにして投げることは可能ではないか。パンは投げるためのものだったのかもしれない。そうだ、そうに違いない。だって、パンを投げられて憤慨している観客は一人もいなかったし、パンを投げている人はすごく生き生きとしていた。

投げたい、という気持ちをふつふつとたぎらせたまま映画を観終えた。『グラディエーター』は私の中では「パンを投げる映画」になった。今も塊パンを見ると、「投げたい」と思う。料理人の殿に絶対に怒られるからできないが、形状を意識するとどうしても投げるために作ったとしか思えなくなる。パンの語源が「投げる」や「投石」だったとしても驚かない。それくらい説得力のあるシーンだった。

食べものに関する夢はたくさんあるが、パンに限っては「投げたい」が上位にくる。夢が叶うときがきたら、グラディエーターサンダルを履いて臨みたいと思う。

焼肉と虚ろな女

食いしん坊だと言われるし、そうだと自分でも思う。食のエッセイ連載をはじめてからはますます食いしん坊だと思われるようになった。

けれど、なんでも好きなわけではない。確かに食欲旺盛なほうではあるが、好きなものをたくさん食べるのが好きなのであって、すべてにおいて大盛りがいいわけではない。また、いわゆる美食家ではない。その辺りはよく誤解されがちだ。

そして、よく食べるが、早食いではない。漫画などで食欲旺盛な人間がガツガツと食べる描写があるせいか、そこを勘違いする人が多いと感じる。はじめて一緒に食事をする人に「もっとガンガンいくかと思った」と言われることもある。

私は短距離型ではなく長距離型だ。好きなものを延々と食べていたい。家で仕事をしているせいか、ちょこちょこ食べるのがすっかりリズムになっている。外で用事があり、四時間ほどなにも口に入れられないと、空腹で倒れそうになってしまう。毎晩、仕事用パソコンを落としてから、のんびり晩酌をしつつ好きなものを食べ、酒を終えてから締めを作る、という食事スタイルを取っているため、外食でもついだらだら食べてしまいがちだ。とにかく、ずっと食べていられる。朝ごはん、午前おやつ、昼ごはん、昼おやつ、夕おやつ、夕ごはん、デザート、飲みながらおやつ、夜食……そして、また朝ごはんというように食べ続けてしまうので、一緒に旅行したり取材したりする人はたいてい胃腸を壊してしまう。

食べるスピードが遅いうえに、途中でよくぼんやりしている。ひととおり食べて空腹ではなくなると、まだ食卓に残っているものを眺め、満ち足りた気分に浸る。まだたくさん食べるものがある。まだ私の胃はものを入れられる。満腹になってしまうと、「もう食べられない……のか……」と悲しい気持ちになるので、余地が残っている状態が一番幸せなのだ。

そういうとき、私は虚空を見つめたまま動かなくなるそうだ。どうやら小さい頃かららしく、家族はその状態の私を「茜ワールドへ飛んでいる」と言っていた。小説家となった今では、「物語を考えていたんだよ」とか格好つけたことを言えるが、本当のところは特になにも考えてはおらず、食べものがあるという安心に浸っている。

前に篆刻教室の飲み会があった。甘党S先生が掘りごたつの焼肉屋へ連れていってくれた。たくさん肉を頼んでいいと言う。私の大好きな赤身のコースもあり、分厚いステーキなんかも焼ける。サイドメニューも豊富だ。とても気の利く年下美女が「千早さん、ご飯いりますか」「石焼きピビンバと冷麺どっちにします」と、かいがいしく世話をやいてくれる。「いるー」「両方ー」とすっかり甘えた。

テーブルに隙間《すきま》なく並んだ料理をひととおり味わったところで、ぼんやり至福タイムがやってきた。S先生たちは書道や篆刻の話をしている。私には、五人以上集まると急に会話の手を抜く、という悪い癖がある。自分が話さなくても誰かが話してくれるだろう、と自堕落な計算が働く。

そのうえ、私は声が小さい。どうがんばっても大きな声をだせないし、だそうとすると喉が嗄《か》れるし疲弊する。学生の頃、バイト先の熱血店長に「元気に声だして！」と言われたのに対し、「私は大きな声はだせません。お客さまに喜んでいただく違う方法を考えます」と言い、唖然《あぜん》とさせたことがある。本当にでないし、でないことは自分が一番よくわかっている。

だから、大人数の騒がしい飲み会など、もう完全に話す気をなくし、せいぜい隣か向かいの人としか目も合わせなくなってしまう。生きにくい。

篆刻教室の飲み会は穏やかなものだったが、私をぼんやりさせる要因は揃いすぎるほど揃っていた。気のおけないメンバー、いい感じのほろ酔い、私が参加しなくても盛りあがっている会話、テーブルの上にはたくさんのおいしい食べもの。私は箸を置いて、しばし幸福な時間にたゆたった。

どれくらい時間がたっただろう。ふと我に返ると、斜め向かいのテーブルのスーツ姿の男性たち全員が身を乗りだすようにして私を見ていた。つぎつぎに頭を下げてくる。一番年上に見える上司らしき男性が立ちあがり「うるさくして本当に申し訳ありません」と謝る。

なんのことかわからなかった。まわりを見るが、確かに私に謝っている。彼らはどうやら私が睨《にら》んでいると思ったようだった。焼肉屋で肉も焼かず、長い時間ぴくりともしないでガンつけてくる女がいたらそりゃあ怖い。

睨んでいない。見てもいなかったし、彼らの気配すら感じていなかった。ただ、虚ろになった私の顔が彼らのテーブルのほうを向いていただけだ。

慌てて首を横にふったが、弁解はできなかった。彼らは頭を下げ下げ食事に戻ってしまった。

教室のみんなが「どうしたの」と訊いてくる。話すと、大爆笑された。「千早さんは黙っているとちょっと怖いですからねー」と年下美女が笑う。「そやなあ、迫力あるかもなあ。でも、ええことやで」と優しいS先生がフォローにならない励ましをくれる。私は目つきが悪く、への字口なのだ。生きにくい、と三十代後半にしてしみじみと実感した。

楽しく飲んでいた男性たちには本当に悪いことをしたと思っている。

ひとり旅

ゴールデンウィーク前の四月、尾道《おのみち》にいた。

早朝の、シャッターの下りた長い商店街は、大蛇の腹の中みたいだった。まだ誰もいない。ふらふら歩き、唯一開いていた喫茶店に入った。赤い天鵞絨《ビロード》の椅子、新聞を読む地元民らしきおっちゃん、白シャツ黒ベストの男性がカウンターの中でコーヒーを淹れている。おお、正しい喫茶店だと、モーニングセットを頼んだ。

苦手なサラダをまっさきに飲み込み、乾燥パセリのかかったチーズトーストを齧った。ベーコンと縁がかりかりした目玉焼きを食べ、家とは違うなあ、と思う。家の目玉焼きは焦げめがなく「とぅるん」としている。殿が絶対にそっちがいいと言い張るからだ。そのことを思いだし、今はひとりなのだと気づく。あたたかい飲み物を時間をかけて飲み、体を伸ばす。

今日も歩けそうだ。

ひとり旅が好きだ。友人とのんびり温泉や海外へ行くのも楽しいが、私が自主的に旅行をするときはたいてい小説の取材を兼ねているのでひとりで行く。取材旅行は担当編集者と行くことが多い。ただ目的地が決まっている場合、私は先に最低一回はひとりで行くことにしている。取材といってもふらふら歩きまわるだけだけれど。

歩きながら、私はよく食べる。特に甘いものへの執着がすさまじく、ご当地グルメの有名スイーツは制覇しなくては気が済まない。地元のスーパーを見るのも好きだ。新しい土地に行くと、食べつくしてやる、という気合いで挑む。

尾道では、駅に到着するなり老舗アイスクリーム店「からさわ」に直行した。ショーケースには「たまごあいす」のみという潔さ。店内は家族連れや女子旅らしき観光客だらけ、カップルはアイスモナカを立ったまま頬張っている。その中でひとりは私だけ。黙々と銀の皿に盛られた「たまごあいす」を平らげる。夏のように暑い日だったので、ものすごく美味しかった。

その日はドーナツを歩きながら食べ、レモンケーキを見かけるたびに買い、案内してくれた地元の方々と生口島《いくちしま》に渡りコロッケと島名物の饅頭を食べ、夕方ひとりで尾道に戻り、焼きたてワッフルの店に行った。バターとシロップがじゅくじゅくに浸み込んだワッフルを食べると、日焼けも疲労も吹っ飛び食欲が復活。地魚料理の店に夕飯に行き、ご飯を山盛りにしてもらった。

次の日はモーニングの後に、餅と稲荷寿司《いなりずし》を食べながら登山、そして尾道ラーメンに挑戦した。電車で呉へ行き、歩きながらフライケーキを食べ、大好きな「エーデルワイス」でクリームパイとプリン。夕食はまた地魚。こんなことを旅の間中続けるので、同行者は私と同じくらい強靱な胃袋の人間でないと体調を崩す。

私は食べ続けながらでも動ける。ふだんは携帯電話の歩数計が十五歩だったりするひきこもりのくせに、旅先だと革靴とスカートで二万歩くらいは平気で歩く。三万歩を超えても筋肉痛になったことも、疲れて食欲がでないということもない。甘味と炭水化物を摂取しながらひたすら歩く。宿に戻ったら旅日記を書く。写真を見返しながら、歩いたり食べたりしたときに取ったメモをまとめるのだが、これに二時間くらいかかる。どう考えても、ひとりで旅したほうがいい。

ひとり旅は情報量が増える。それは旅日記を読み返すとよくわかる。ひとりでいると、たくさんのことが入ってくる。隣の席の会話、地元の人の視線、テーブルのべたつき、地図にない路地裏、空の色、肌に触れる空気、そして、匂い。

私は鼻が良いほうだ。尾道は猫がたくさんいたが、どの町でも目が見つけるより早く、鼻が猫の匂いをとらえる。埃っぽい藁《わら》のようだったり、湿った香木のようだったりと、個体によって差はあるが、どれも「猫」としか言いようのない匂いをしている。鼻をすんすんさせながら目をやると、建物の陰や塀の上、茂みの向こうから猫も私を見つけている。これが人と一緒にいると鈍る。不思議なことに人と話していると、私の嗅覚はフィルターがかかったようになる。このことを私は「とじている」状態と呼んでいる。

ひとりで外にいる時間が長くなると、鼻がどんどん「ひらいている」状態になってい く。喫茶店の壁際の席で紅茶を飲んでいても、ドアが開いた瞬間に入ってきた人の性別や人種が顔をあげなくてもわかる。地図を見なくても、空調機から排出される匂いで目当ての店に辿り着ける。感覚が鋭くなればメモ量も増える。五感で土地を食べつくす気分だ。ますますメモ魔になっていく。人に話しかけられて、言葉がうまくでなくなってきた頃が鋭敏さの頂点だ。

そういうとき、ふっと大きなものが入ってくる。

尾道では「艮神社《うしとらじんじゃ》」の御神木だった。巨大な、まるで森のような楠《くすのき》で、山頂の寺へと行くロープウェイの中から見て気になり、下山すると走って根元まで行った。首をのけぞらせても全容が把握できないほどに大きく、幹はちょっとした小屋くらいの太さがあったが、梢《こずえ》の青葉はやわらかく風に揺れ、さらさらと光をこぼしていた。

これほど大きな生き物をひさびさに見た。感覚という感覚が一瞬で飽和状態になり、気づいたら涙が流れていた。疲労も空腹も欲求もなにもかもが消え、長い時間ぼんやりと立ち尽くしていた。

悠久のときを生きた大樹に、ちっぽけな私というものが食われたのだろう。妙に晴れやかな気分で尾道を後にした。

食われることは、あんがい清々《すがすが》しいものなのかもしれない。

大人の拒絶

子どもと大人を分ける境界線に「飲みもの」があると思う。

誕生会などで子どもたちが集うテーブルと、宴会などで大人たちが羽目をはずすテーブルでは、食べものは同じでも飲みものがまったく違う。親と一緒にお茶に招かれても、子どもにはソーサーつきのティーカップはでてこない。幼い頃の私にとっては、それはちょっとした屈辱だった。

大人になれば、優雅に紅茶を飲み、食事中には酒を嗜み、食後はコーヒーと煙草で一服できるようになる、と幼い私は思っていた。父の淹れるコーヒーの香りが、休日の朝の匂いだった。夜の残滓《ざんし》のような黒い液体がぽたぽたと落ちるのを眺めながら、大人になる日を待った。

アフリカの、ちょうどコーヒーベルトと呼ばれるコーヒー栽培に向いた地帯に住んでいたので、庭で父とコーヒーの木を育てたことがある。真っ赤に色づいた実を摘んで、ぬめぬめする果肉を洗い、鹿の足跡みたいなかたちの白い豆を取りだした。「これを焙《ばい》煎《せん》するとコーヒーになるんだよ」と父は言った。その豆は帰国するときに空港で没収されてしまい、自分で育てたコーヒーを飲むという夢は叶わなかった。

あのとき、豆を無駄にした呪いがかかったのかもしれない。私はいくつになってもコーヒーが飲めないままだった。大人になって酒も茶も楽しめるようになり、偏食もなおったのに、コーヒーだけが駄目だった。いまもまったく飲めない。

美味しいと思えない。呪いのかかった私の舌では、焦げた豆の汁、としか認識できない。淹れたてのコーヒーの香りをアロマと言われても、焦げ臭くてくしゃみがでる。自家焙煎のコーヒーも缶コーヒーもインスタントコーヒーも、薄い濃いの差はあれど、ただの苦い液体だ。

コーヒーはなんとなくお洒落だ。珈琲と漢字で書くとレトロだし、ブラックで飲んでいたらシックな倦怠感《けんたいかん》がただよう。フランス映画にでてくる「キャフェ」なんか、大人お洒落の殿堂だ。

ミルクと砂糖を大量に入れれば、一杯くらいはなんとか飲める。しかし、それでは子どもの頃と変わらない。格好がつかない。ブラックコーヒーが飲めるか飲めないかで、子どもと大人の線引きをされると非常に不利だ。世界中で嗜好されている飲みものだけに、自分の味覚に自信もなくなる。

舌だけでなく、体も拒否反応を示す。ブラックコーヒーと私の胃液の相性が悪いのか、飲んだあとは胃の調子が悪くなる。空腹状態で飲んでしまうと、ずっとコーヒーと胃酸の混じった臭いが込みあげてきて気分が悪くなる。

一度、殿に頼まれて深煎《ふかい》りのコーヒー豆を買い、そのまま友人たちとごはんを食べに行ったことがある。座敷の店だった。畳に置いた鞄と私の鼻の距離が近い。念のためにチャック付きの保存袋を持参し密封したというのに、鞄からコーヒーの匂いがもれてきて、嗅ぎ続けながら食事をした私は帰宅したあと吐き気と胃痛でのたうちまわった。おそらく、強いコーヒー臭のせいで胃が「コーヒーくるぞ！　くるぞ！」と待ち構えて過剰反応してしまったのだと思う。

コーヒーが飲めないと、困る局面が多々ある。コーヒーが「とりあえず」ドリンクだからだ。打ち合わせで通された会議室で、取材先で、トークショーなどの控室で、「まあ、とりあえず、どうぞどうぞ」とでてくるのはコーヒーだ。そこで、コーヒーを飲めない旨を伝えると慌てふためかれる。お茶は持参してます、とペットボトルを見せるも、ひとつだけ余ったコーヒーカップを満たす黒々とした液体に気まずくなる。相手の好意を拒絶したようで申し訳ない。

ちなみに、私はビールも得意ではないので、飲み会での「とりあえず、みんな生でいいね！」みたいな空気にも水を差してしまう。ひきこもりの小説家になって心から良かったと思う。

「お茶しましょう」と言われて、サイフォンがずらりと並ぶこだわりのコーヒー屋に連れていかれると、うっとなる。私にとっての「お茶」にコーヒーは含まれないが、大人の世界ではコーヒーは誰もが飲める「お茶」だと考えている人が大多数のようだ。「え！　飲めないんですか？」と驚かれると、つい「はい、すみません……」と謝ってしまうことがある。すると、相手にも気を遣わせてしまう。アレルギーではないので、一杯くらい我慢して飲んじゃおうかな、と気持ちが揺れたりもする。

本当は、飲めないものを飲めないということに謝る必要はない。どんな食べものも飲みものも無理して体に入れる義務はないのだ。居合わせたみんなが同じものを食べなくてはいけない決まりもない。それぞれ別の個体なのだから、合う合わないがあるのが当たり前だ。わかっているのに、コーヒーの持つ「大人なら飲めるでしょう」という威圧感に負ける。悔しいと思う。

食べられないものを人に伝えるのは気疲れすることだ。けれど、食の愉しみを享受できることが大人の特権なのだから、好きなものは好き、嫌いなものは嫌いときっぱり主張して、食の自由を謳歌《おうか》したい。私にとってのコーヒーは、本当の大人とはなにか、を自分に問いかけてくるものだ。拒否する罪悪感に負けず、コーヒーを断り続けたい。

人がくつろいだ表情でコーヒーを飲んでいるのを見ると、父と摘んだコーヒーの実を思いだす。太陽の熱を吸い込んだように赤く輝いていた。父の目を盗んで舐めた果肉は青臭く、ほのかに甘かった。

なますにしてやる

先日、恐ろしいことが起きた。

友人に渡しものをするために携帯ひとつをポケットに入れ、ひょいと外にでた数秒後のことだ。家に入ろうとすると、ドアが開かなくなっていた。

押しても、引いても、揺らしても、体当たりしても、頑として開かない。なにものをも拒絶するかのように、がっちりとかたく閉ざされている。殿の仕事場へ行き鍵を借りるも、開かない。ドアってこんなにも融通の利かないものだったのか……と呆然《ぼうぜん》とする。

防犯のため詳細は省くが、我が家の鍵は二種類ついていて、そのひとつは内側からかけるアナログ式のものだった。チェーンみたいなものだと思ってもらいたい。その鍵がなにかのはずみでかかってしまったようだ。

夕方だった。通りはどんどん暗くなっていく。家の明かりをぼんやりと見上げる。

なんだか自分の家じゃないみたいだ……招かれなければ家に入れないのってどこの国

の幽霊だっただろう……自分は幽霊になったのかもしれない……と逃避しかけて、肌寒さと空腹を覚え我に返る。夕飯の準備ができていない。仕事用のパソコンもつけたままだ。それより、茶を淹れたとき、ガスの元栓を閉めただろうか。というか、今夜どこで寝るのだ。

まだ四月だった。夜は冷える。

喫茶店に入ろうにも財布すらない。無一文の心許《こころもと》なさってすごい。世界中のどこにも自分を許してくれる場所がない気がする。

プランターで窓を壊すことを考えたが、通りに面しているので不審者扱いされるだろう。通報されたら恥ずかしい。裏の浴室の窓は格子がついているので不可能だ。友人が心配して「泊まりにきていいよ」と連絡をくれるも、交信するたびに携帯の充電がどんどん減っていくので気が気ではない。

結局、工務店へ電話をかけた。運良く繋がり、とっぷりと暮れた道で震えながら待つこと三十分、大工さんが来てくれた。あれこれ試したあと、アナログな鍵なのでアナログな手段しかないと告げられる。夜中になる前にやってしまいましょう、と言うので、じゃあお願いします、と答えるやいなや、ドアは武器みたいな工具で瞬く間に破壊された。爆音に身がすくむ。誤作動した鍵を外し、少々不格好だがドアに応急処置をして施錠できるようにし、「また明日きますんで！」と大工さんは颯爽《さっそう》と去っていった。

二度目の呆然。ふらふらと家に入ると、なにごともなかったかのような部屋の中で、時計の針だけが二時間進んでいた。座るも、落ち着かない。めずらしく茶を淹れる気にもならない。体はへとへとなのに、頭は妙に覚めている。眠れない夜のようだった。

台所に立ち、研いだばかりの包丁をだした。

鉛色の刃が蛍光灯の下で鈍く光る。

ありったけの野菜を並べ千切りにしていく。ざくざくと無心になって手を動かす。料理人の殿によると、千切りとはカイワレ大根の茎くらいに切ることで、私のはせいぜいマッチ棒レベルなので千切りとは言わないそうだが、山芋ですらマッチ棒サイズにできるのだから素人にしては千切りスキルが高いと信じている。黙々と包丁を動かしていると、色とりどりの千切り野菜の山ができた。胡瓜《きゅうり》とセロリと人参はナンプラーとレモンで和える、新じゃがいもはさっと茹でてスープに、新玉ねぎはおかかとポン酢で、生姜と葱とピーマンは肉と炒める。

千切りメニューを作り終えて、やっとひと息つく。ふと、二十代の頃、深夜に菓子を作っていたことを思いだす。たくさんのバイトを掛け持ちしていつも疲弊していたのに、ときどき眠れなくなった。そういうときはベッドを抜けだし、バターを練った。卵を割り、砂糖を溶かし、粉をふるった。小川洋子《おがわようこ》さんの小説『シュガータイム』の「真夜中のパウンドケーキ」という章で、主人公が眠れない夜に菓子を焼く大好きなシーンがある。静謐《せいひつ》な文章を読み返しながら、オレンジ色に光る小さなデロンギのオーブンの中で菓子が色づくのを待った。

あの頃、私は不安だった。小説家になりたかったが、無為に若い時間を浪費しているのではないかと思う晩もあった。見えない将来に押し潰されそうになると、無心に手を動かして菓子を作った。菓子は科学だ。正確に、レシピ通り作らなければいけない。集中力と根気がいる。

集中力と根気は千切りにも必要だ。

突然、住み慣れた家に身ひとつで閉めだされ、なにもできず、職人とはいえ他人にあっと言う間にドアを破壊された。自分を守ってくれていたものが、ちょっとしたはずみで変わってしまうこと。自分が無力であること。強引に誰かが家に押し入ろうとしたらできてしまうこと。そのどれもが恐ろしく、不安になった私は千切りという無の境地に逃げようとしたのだろう。

思えば、小さい頃は不幸なことばかりを考えていた。自分が無力であることはわかっていたから、あらかじめ起こりそうな不幸を想定しておいたほうが、なにかあったときに早く対処できると思ったのだ。襲ってくる相手と戦うことは考えなかった。限られた医療機関しかない国にいたので、子どもが怪我を負ったら助かる可能性は低い。だから、とにかく一秒でも早く逃げる方法を考えた。旅行先でも、買い物に行っても、寝る前でも、あらゆる不幸と逃走パターンを想像した。

けれど、本当の不幸というものは、いつだって想像の隙間を抜けてやってくる。大人になってそのことに気づき、いつしか私は不幸を想定することをやめた。どんな不幸がやってこようとも、死なない限り生きねばならない。だから、料理で不安をまぎらわすことを覚えたのかもしれない。

なにが起きるかわからないが、包丁だけは研いでおこう。

不幸をなますにしてやれるように。

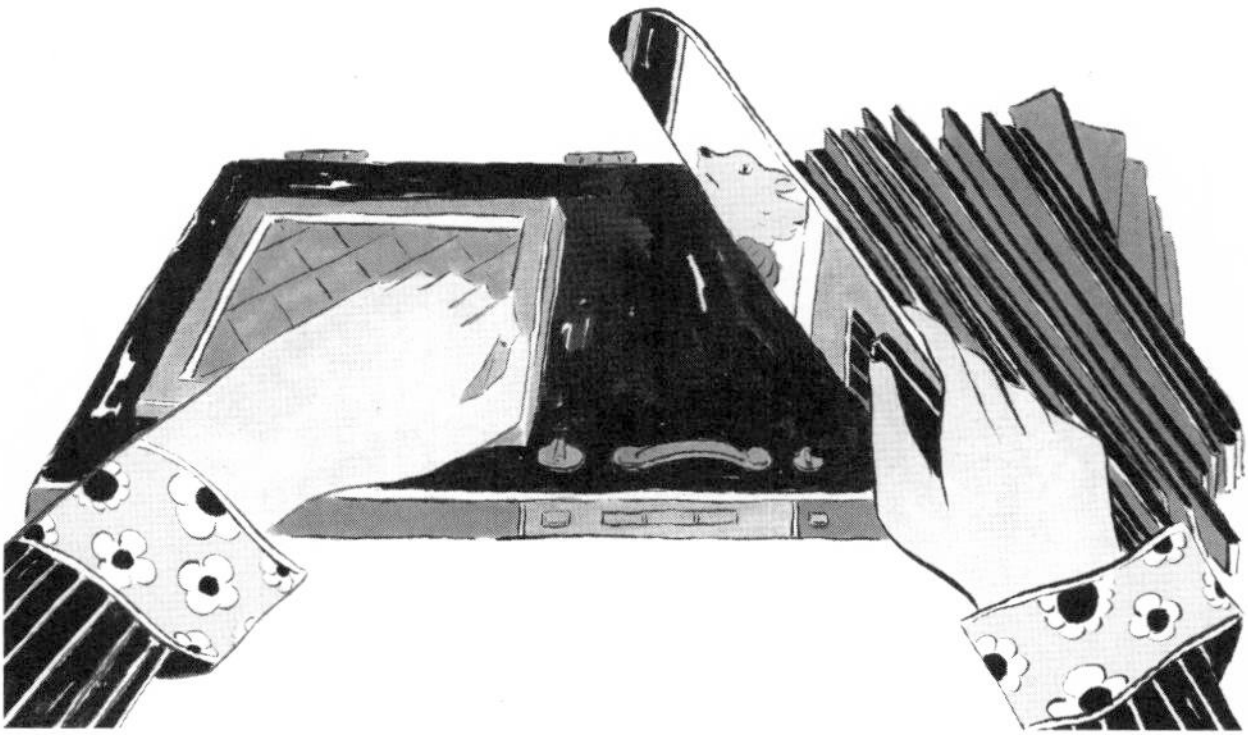

茶の時間

小さい頃から結婚欲がなかった。

小さい頃というのは、小学生になる以前のことである。保育園の男子が「おとなになったらせんせえとケッコンする」とか言いだしたり、言葉を覚えたての三歳児が「あたし、パパとケッコンする」と無邪気なことを口にしたりする頃。不思議なことだが、人間はずいぶん幼い頃から結婚というものを意識している。させられる、といってもいいかもしれない。

私がはじめて好きになった異性は隣に住んでいた男の子で、生け垣になったオンコの実を一緒に食べてくれ、一緒にお腹を壊した。それで好感を持っただけなので、結婚をして生涯を共にしたいという発想には至らなかった。ちなみに、「オンコ」は北海道弁で、一般的にはイチイというそうだ。

結婚という概念は長らく私の中になかった。生涯を共にすることだともわかっていなかっただろう。言葉は知っていても、それがどういう意味を持つのか想像できない。臆病だったので、わからないことをしたいとは思わなかった。

映画『釣りバカ日誌』を家族で観ているときに、西田敏行《にしだとしゆき》が演じるハマちゃんに対し「こういう人なら結婚してもいいな」と上から目線なことを言い、父がショックを受けていた覚えはある。一緒に住んだらなんだか楽しそうだと思ったのだ。新鮮な魚もとってきてくれるし。要するに、結婚とは「一緒に暮らして一緒にごはんを食べる人」くらいの認識だったようだ。

その後、中学、高校と世の中の常識を知っていき、大学に入る頃に「結婚は無理かな」と結論をだした。結論に至った過程は割愛するが、なんとなく自分には向いていないように思われた。正直、実体のよくわからぬ結婚について考えるよりも将来について悩んでいた。自分のことで手一杯だった。結婚は義務ではないが、勤労は義務だ。結婚していなくても死ぬことはないが、金を稼がねば死ぬ。ならば、少しでも好きな仕事をしたかった。

働くことは好きだった。生産的な時間を過ごせるし、小説に活かせる経験が得られるかもしれない。なにより自分の稼ぎで好きに生きられるのは幸せだ。そんな気持ちで、二十代は常に二つ三つほどバイトを掛け持ちしながら小説を書いていた。自然、忙しくなる。私は映画は一人で行きたいし、テーマパークもアウトドアも嫌いで、休日は家にいたい人間だ。恋人ができても、デートらしいデートができない。結果的に会う時間がなくなり、一緒に住まざるを得なくなる。そこで、結婚しなくても一緒に暮らしているのなら、結婚とはなんだとますますわからなくなった。結婚とはなにか、と考えてしまうこと自体が結婚に向いていない証《あかし》なのだと諦めた。

結婚した今も、やはりよくわからない。おそらく結婚願望の有無と、結婚する、しないは、また別の話なのだ。なぜ結婚したかと問われても「便宜上ですかねえ」と言ってしまうし、結婚式も新婚旅行もしていない。なんとなくとしか言いようがないまま、結婚前の日常が続いている。

ただ、人と暮らすのは楽しい。それが好きな人とだったらより楽しい。食の趣味が合えば素晴らしい。そして、人に茶を淹れるのが好きだ。

私は日に何度も茶を淹れる。朝起きて茶、掃除をして茶、仕事前に茶、昼食後に茶、おやつと茶、また仕事前に茶、夕食後に茶、夜中に飲めるように寝る前にも茶を淹れておく、という感じでイギリス人に負けないくらい「茶浸し」の生活を送っている。紅茶、中国茶、ハーブ茶、そば茶、ほうじ茶、ルイボスティーなど常に十種類以上はある。旅先にはお気に入りのティーバッグを持参する。茶が好きすぎて『人形たちの白昼夢』という本にティーポットを主人公にした短編も書いた。

外出先から帰ってきたときも、まっさきに茶を淹れる。やかんを火にかけ、茶葉を選び、椅子に座ってカップを両手で包みながら湯気を眺め、「は〜やれやれ」と茶をすする。芳しい香りを胸いっぱいに吸い込む。私にとってそれは気持ちを切り替える時間だ。句読点を打つように茶をする。なので、仕事が煮詰まったときも、とりあえず茶を淹れてみる。

良いことがあっても、悪いことがあっても、ひとまず茶だ。浮かれるようなことがあると、意識的にゆっくり口に運ぶ。茶の味がわからないようなときは用心する。慣れ親しんだ茶の味は、突然まずくなることも、格段にうまくなることもない。自分が淹れる茶は、今の自分はこれ以上でもこれ以下でもないと教えてくれる。

客がきても、まっさきに茶を淹れる。客人のカップは決して空にしてはいけない。そう祖母に教えられたので、話しながらも茶を補充するのを忘れないようにする。湯気のたつ一杯の茶というのは、ここはあなたの場所ですよ、という証のようなものなのだと、祖母は言った。心をこめた茶をだすことで、訪ねてきた人にくつろいだ時間を過ごしてもらえるのだと。「茜の淹れるお茶はおいしいねえ」と言われるのが、子どもの頃の自慢だった。

はじめて家族ではない人と一緒に住んだとき、どのタイミングで茶を淹れればいいか悩んだ。ずっとカップを満たし続けるわけにもいかない。飲みものはセルフサービスにしていただこうと思ったが、自分が飲むときに一緒に淹れてあげると喜ばれた。相手が忙しそうにしていたら、置いておいた。そんなにたくさんの人と住んだわけではないけれど、女性も男性もみんなよく茶を飲むようになった。

一日の終わりや帰宅時、やかんを火にかけ茶を淹れる。一緒に座って茶をすすり、「は～やれやれ」と息を吐き、言葉少なにその日あった出来事を話す。結婚がなにかはまだよくわからないが、私にとって家族とは、その「は～やれやれ」を共有する人だ。

怒りの入院食

数日、右顎がじんわりと痛かった。寝ている間に歯ぎしりでもしたのだろうと思っていると、日増しに痛みは強くなり、パンを咀嚼するだけで涙がにじむほどになった。頭痛もする。前歯で小刻みに噛んでも、喉と顎の筋肉が繋がっているのか、飲み込むときに激痛が走る。

慌てて総合病院に行ったが、顎に異状はなかった。おやしらずだと言う。眩暈がした。悪夢、再び。左のおやしらずを抜いてから半年も経っていないというのに（「カレーパン征服」の回を参照願いたい）。

しかも、今回のおやしらずは前回のより格段に質《たち》が悪く、顎の太い神経と血管のすぐ横に生えていて、根っこも太いらしく、抜くなら入院して手術だそうだ。ＣＴ画像を見るなり、先生がため息をつくほどの厄介なおやしらず。

もう呪いとしか思えない。正直、逃げたかった。しかし、この激痛がまたくるかと思うと、それも嫌だ。結局、またも担当Ｔ嬢の「それでエッセイ書けばいいじゃないですか」に乗せられ手術を受けることにした。

入院は少し楽しみだった。したことがなかったし、入院食というものを体験してみたかったのだ。

しかし、入院してすぐに気づく。まさか、寝床で食事をしなくてはいけないのか。案の定、トレイにのった昼食が運ばれてきて、ベッドの上の簡易机に置かれた。やはり。体が悪いわけではないので、寝床でごはんを食べるのが落ち着かない。ズルをしている気分になる。

昼食は良かった。おかずはミックスフライだったし、山芋の梅煮はおいしかった。糖欲を満たすために、病室を抜けだして喫茶店でパフェを食べたり、持ち込んだ菓子を貪り食ったりした。夕食はやや豆腐率が高くテンションがあがらない食事だったが、栄養という観点で作られた食事なのだからと自分を納得させた。

手術は点滴で眠らされているうちに終わった。嘘みたいにあっという間だった。しばらく水も止められ、血を吐きつつ、ベッドに横たわりながら心電図と点滴に繋がれた。死ぬ、と思った。水分は点滴から入っているからと言われても、口から飲まねば気分的に死ぬ。

そして、二十四時間の絶食を経て、待ちに待った食事がやってきた。噛めないので粥食。おかずは「キザミ」と書かれていた通りすべて刻まれている。ほうれん草の卵とじが緑のペーストになり、黄桃の缶詰がジャムみたいになっている。それはいい。むしろ、ありがたい。

粥をひとくち食べて驚いた。味がない。舌がおかしくなったのかと思ったが、他の食べものはちゃんと味がある。斜め前のベッドのおばあちゃんが毎食「おかいさんに味があらへん……」とぼやいていたことを思いだす。塩気がないのだ。口の中の傷口からにじみだす血のほうがまだ塩分を感じるくらいだ。ご飯と粥は違うと声を大にして言いたい。ご飯は塩なしでも食べられるが、粥は塩気なしでは食べられない。しかも、ふやけている。粥は最初からふやけていると言う人間がいたら断固として闘いたい。粥だってふやける。これは糊《のり》だ。『舌切り雀《すずめ》』で、雀が食べてしまって欲張り婆《ばあ》さんに舌を切られたやつだ。雀にはおいしいのかもしれないが、私には無理だ。

いったい粥とはなにかと哲学的な気持ちになってしまい、携帯で「粥」を検索してしまった。私は粥が好きなのだ。土鍋で生米からじっくり炊いた粥はうまい。週一くらいで中華粥をたっぷり作り、黒酢やラー油、高菜、肉味噌、卵といった好きな具をのせて食べている。ああ、このままでは粥を嫌いになってしまう。家に帰って粥を作りたい。

粥と認めたくない粥を見つめながら、みんな本当にこの粥を食べられているのかと悩んだ。カーテンごしに湿った咀嚼音がひそひそと伝わる。食べている。おばあちゃんもぼやきながらも食べている。仕方なく食べた。というより、流し込んだ。

病棟では、ぼやく人はいるが、怒ったりする人はいなかった。少なくとも私のいた病棟では、二泊三日の間はいなかった。診察や食事の時間が守られなくても、みんなベッドでぼんやり待っている。急いでも退院できるわけではないからか、なんとなく諦めたような表情で医師や看護師に従っている。

私は入院前から揉《も》めごとを起こしていた。説明だけと聞いていた日に勝手に検査が入っていて、行ってくださいと急かされるので「どうしてこの検査が必要なのか説明してくれるまでは受けません」と言ったら医師も看護師も驚いていた。入院してからは、シャワーを浴びるときに鍵はかけないでと看護師に言われ拒否した。女性が浴室に入るときはピンクの「女性」札がかかっているのだ。病人ではない人間も入ってくる病棟で、あまりに無防備な気がした。

とはいえ、小さなことに疑問を抱いたり、不快に思ったりする自分は偏屈なのではと悩んだ。病室のベッドでひそひそと食事をしていると、ふと病院で働いていた頃を思いだした。

私はキレやすいことで有名な医師、O部長がいる科で医療事務をやっていた。O部長は毎日なにかしらキレていた。他科ともよく小競り合いを起こした。でも、気の利いたところもあった。受付で順番を早めろと怒鳴ってきた患者を「うるさい！　ここをどこやと思っとるんや！」と一喝してくれたこともある。おかしいと思うことを見過ごせない人だった。

一度、理不尽なキレ方をしたので、キレ返したら「屈辱や」と言いつつも謝ってきて、それからだんだん仲良くなった。甘党で、和菓子があるときに茶に呼ばないとやはりキレた。院内PHSに電話をかけると、たいがい「なんや」と不機嫌そうな声をあげるが「いま、外来に『御座候』があります」と言うと「いくわ」とすぐに姿を現した。「御座候」は大判焼きで、O部長の好物だった。もちろん菓子と茶と共に、処理して欲しい書類を持って待つ。私は古参の先生方から「猛獣使い」と呼ばれていた。O部長とは今もときどき食事に行く仲だ。

病院は過酷な職場だ。日々の業務に疲れ果て、疑問に思うことがあっても流されているほうが楽に思えてくる。揉めて時間を取られるより、小さなことは見ないふりをしてやり過ごすのに慣れていく。二十代の頃はO部長に対して「またキレてるわ、あのジジイ」としか思ってなかったが、三十代も終わりにさしかかった今となっては凄《すご》いことだと思う。怒るというのは、諦めない、ということだから。

私もちゃんと怒っていきたい。とりあえず、粥を舐めんじゃねえ。

かなわない人

開店したばかりの洋菓子屋に行き、ショーケースにずらりとならぶケーキを眺めるのは至福のひとときだ。午前の透明な日差しが店内を満たし、ガラスには指紋ひとつなく、生まれたてのケーキはみずみずしく輝き、磨かれた床が靴の下できゅっと鳴る。どれでも好きなものを選べる。その贅沢さに恍惚となる。

仕事で東京に行くと、たいてい打ち合わせは昼からにして、午前中は好きな洋菓子屋で朝ケーキと称して至福の時間を過ごしている。

あるとき、朝一番のショーケースを見つめる人たちの中に見覚えのある顔があった。向こうもこちらを見ている。確かに知っている顔なのだが、東京という土地とその人の顔が結びつかない。

店をでてから気づいた。京都の人だ。あまりに通い過ぎてすっかり顔を覚えられてしまっている大好きな洋菓子屋の奥さまだった。京都に戻り、その洋菓子屋へ行ったら「東京の○○でケーキ選んではった?」と言われた。まさかあんなところで会うとはと話がはずんだ。それからは前より話すようになった。

私より少しだけ年上であろうその人はいつも元気で明るい。そして、ケーキが好きだ。私も好きだがレベルが違う。以前書いた篆刻のS先生も甘党だが、感服するほどではなく親しみを感じるくらいなので、おそらく私と同等程度の甘党だ。しかし、彼女は違う。東京に行くと洋菓子屋をめぐり、一日で二十個から三十個のケーキを食べると言う。その場でしか食べられないパフェやアシェットデセールがあれば、ケーキは持ち帰り新幹線の中で食べる。私もケーキのはしごをするが、せいぜい十個から十五個食べられたら良いほうだ。二十個の壁はまだ越えたことがない。「すごい」と称賛すると、「走ったらええねん。ほなら、二十や三十はいけるようなるわ」とさらりと言う。彼女は開店前にランニングするのが日課らしい。

私は二十代の頃、洋菓子屋で働いていたことがある。絵本などではほっこり可愛く描かれることが多い「ケーキ屋さん」だが、実は激務だ。技術はもちろん必要だが、とにかく体力が要る。早朝からクリームを泡だて、フルーツをカットし、ケーキを構成するパーツを揃えてから限られた時間で飾りつける。気の遠くなる緻密な工程を経て、そうしてやっと開店時間に美しいショーケースが完成するのだ。開店してからもひたすら仕込み。とりわけ朝は戦場だ。その前にランニングしてくるなんて猛者としか言いようがない。かなわない。その日から、彼女のことは心の中で「姉御」と呼ぶようになった。

ちなみに、パティシエを目指す人は、クリスマスからバレンタインの繁忙期を体験してから決めることをお勧めする。私が働いていた店は、その期間は午前二時に家に帰り、午前五時に出勤という異常事態が何度もあった。


ゴールデンウィーク明けの五月、おやしらずの手術で入院した。私にとっては三日以上ケーキが食べられないなんて拷問に等しい。入院前、姉御の店にケーキを食べにいくと、彼女は自分も十年くらい前に入院して手術したことがあると言った。

癌《がん》だったそうだ。それも、発見されたときにはかなり進行していて、手術が成功したとしても五年生存率は三十パーセントしかないと言われたという。入院になり、手術の前日は絶食を言い渡された。

深夜、彼女は病棟のベッドで大好物のモンブランをこっそりと食べた。もしかしたら明日の手術で死ぬかもしれない。だったら最後は好きなものを食べようと思ったらしい。

手術は予定より長い時間がかかった。幸運なことに手術は成功したが、時間がかかった理由は病気のせいではなかった。手術は開腹だった。癌細胞を切除するには、腸をいったんだしてしまわなければいけなかったそうだ。しかし、前日の晩にモンブランを食べたせいで、だした腸が膨張し体の中におさまらなくなったらしい。モンブランのことを知らない先生たちは、彼女を異常体質だと思い、必死で腸を戻したそうだ。

それでも、彼女は懲りなかった。外出許可がでるやいなや、パジャマのままで病院を飛びだして京都で一番好きな洋菓子屋へケーキを食べに行った。生きるか死ぬかの瀬戸際でもケーキ。その執念に圧倒される。

「そんときに決めてん」と、彼女はあっけらかんと笑った。いつどうなってもいいように、好きなものを食べ、悔いのない人生を送ろうと。だから、いまも東京に行ったら食べたいだけケーキを食べるのだそうだ。

抗癌剤の副作用に苦しんだ日々を「まあ、しんどかったで」とさっぱり語り、いまだに残る手術の後遺症のことも面白おかしく話していた。その日、彼女の店で食べたケーキはいつもと変わらず美味しかった。会計を済まし、帰ろうとすると、彼女は手作りのコンフィチュールをくれた。抜歯後に腫れてもヨーグルトなら食べられるだろうし、かけて食べてと。

「入院と聞いたら放っておけへんねん」と見送ってくれた。

同じ入院でもステージ四の癌とおやしらずなんてレベルが違う。恥ずかしい……と思って気がついた。彼女は病気の軽重で人の苦しみを判断しないのだ。自分は死にそうな目にあったというのに、他人の痛みをその程度と決めつけない。心底、かなわないと思った。

しかし、なぜ私は死線をくぐり抜けたわけでもないのに、こんなに食い意地がはっているのだろう。

溶けない氷

蒸し暑くなってくると、甘味処の軒下ではためきはじめる「氷」の旗。きたか、と思う。涼を感じる人もいるだろうが、私はお腹がぐるるっと緊張する。かき氷は私には冷たすぎる。

冷え性なのだ。おまけに腹を下しやすい。日本酒を飲むときの和らぎ水はたいてい氷抜きにしてもらうし、ペットボトルの茶も常温のものを率先して買う。父が九州の生まれなのだが、小さい頃から「暑いときに冷たいものを飲むとばてるぞ！」と真夏でも温かい茶を飲まされていた。そのせいで私の胃腸は異様に冷えに弱くなった気がする。

プリンや寒天、ゼリーくらいの冷たさで充分だ。アイスも脂肪分が多いものや柔らかいジェラートくらいしか耐えられない。アルコールも「キンキンに冷やした◯◯です！」と言われるとその言葉だけで腹を下しそうになる。そんな私にはかき氷なんていう氷点下の食べものはちょっと激しすぎる。

そもそも氷って食べるものなのか。お冷やに浮いているものなんじゃないの。しょせんは水じゃないか。溶けたら水、ただの水だよ。平安時代なら贅沢品だろうが、現代は各家庭に冷凍庫がある時代なんだから凍らせた水なんて金をだして食べるものじゃない。だいたいひんやりしたいんだったら、食べないで脇下に氷を挟めばいいんじゃないの。と、氷旗を見るたび、心の中で毒づいていた。

けれど、世の中はかき氷ブームのようだ。興味ないという方もいるかもしれないが、私の友人女性たちはかき氷が好きな人が多い。並んだり、予約したりしてまで、人気のかき氷を食べにいくほどだ。東京の友人や編集者が京都にきてくれると、せっかくなので「なに食べたい？」と希望を訊く。店探しは好きだ。しかし、暑くなってくると「かき氷！」という返答が増えてきて「ああ……お前もか……」と絶望する。

しかし、私は好きな女の子たちがおいしそうにものを食べている姿を眺めるのが好きだ。肉に興奮する女の子の姿も素敵だが、甘いものを口にしたときの女の子の表情はなにものにも代えがたい良さがある。見たい。喜ばせたい。

それに食べてみたらかき氷も案外おいしいかもしれない。そう思って、彼女たちに積極的に付き合った。一日で五軒はしごしたこともある。もちろん腹を下しながら。

腹の調子はおいておいて、味はというと、冷たくてよくわからなかった。頭が痛くなり、溶けるのを待つと薄くなる。果物を贅沢に使っているものもあったが、たいていの果物は冷やしすぎると味がぼやけるので、できるなら氷と別に食べたい。

なにより店が寒い。暑い季節の食べものなんだから、冷房を切って食べたほうがおいしくないだろうか。「暑い」と汗だくで店に入り、「寒い」と震えながら逃げるように店をでる。夏のつらさは暑さではなく、適温の無さなのではないかという数年来の疑惑が確たるものになった。かき氷は縁日やビーチで食べるのが正解だ。


そんな私でも、これは、と思ったかき氷がある。石畳の先斗町《ぽんとちょう》を上ったつきあたりにあった「茶寮ぎょくえん」という店だ。あった、と書いたのはもうないからだ。老夫婦二人でやっていた小さな店で、看板メニューは「あんコーヒー」。コーヒーが苦手な私はもちろん飲めず、なにかのきっかけで入ったときにかき氷を食べた。私はその頃、大学生だった。黒蜜のかかった氷は薄い層が重なるような形状をしていて、思わず「削りぶし？」と思った。

ひとくち食べて驚いた。消える。黒蜜のすっとした甘さだけが残る。そして、器の氷もみるみる溶けていく。大急ぎで食べたが、後半は黒蜜ドリンクを飲むような状態になった。少しも頭が痛くならない。これは氷ではない羽毛だ、と感動した。接客をしている奥さんは、お歳を召していたが、肌が白く、とても色香のある美人だった。旦那さんは黙々と氷を削っている。彼らの佇《たたず》まいも好きだった。

「茶寮ぎょくえん」のかき氷だけは自主的に食べた。小説家としてデビューしたての頃、当時新人編集者だった担当T嬢と行ったこともある。「息をかけただけで消える!」「羽根布団!」と歓声をあげながら食べた。彼女もかき氷には特に関心がない人種だが、「茶寮ぎょくえん」には感動していた。

やがて人気店になり、行列ができるようになった。老夫婦は「体力の限界を感じた」という理由で店をたたんでしまった。いまでも店があった場所を通ると思いだす。

先日、かき氷を溺愛する書店員Aにかき氷の魅力はなにかと尋ねたら「儚《はかな》さ」という答えが返ってきた。

確かに、あの店のかき氷は儚かった。もう食べることができないからか、余計にそう思う。

ときどきあの氷を思いだす。けれど、名店の再開を私は望まない。それはどんな店でも同じだ。好きな店がなくなってしまうことは悲しいが、思い出の味にはその悲しみも上乗せされていき、記憶の中でより良いものへと変化してしまう。

だから、そのまま自分の中においておきたい。

食は瞬間だ。戻らないと知っているからこそ輝く。記憶の中の最上のかき氷にはそのきらめきが詰まっている。

社食体験

人間とは勝手なものだと思う。

散々給食への恨みつらみがあるくせに、フリーター生活を経て小説家になり会社に所属しない生活が長くなってくると、無性に社員食堂に憧れるようになった。というわけで、ここ数ヶ月、新潮社との打ち合わせの際に「なに食べたいですか？」と訊かれると「社食に行きたいです」と答えていた。

なぜ新潮社の社食かというと、大好きなテレビ番組『サラメシ』で取りあげていたからだ。

社食を希望すると、新潮社の担当編集者たちはかすかに当惑をにじませながら「そんなにたいしたものじゃないですよ」と言う。それでもいいと言うと、「メニューがわかりましたら連絡しますね」と承諾してくれた。日替わりだが、二種類しかないらしい。

社食潜入、一回目。

二種類しかないと聞いていたメニューは、なぜか「鶏唐揚げ」の一択だった。厨房の前の「こころとてづくり新潮食堂」と書かれた手作り感のあるメニューボードのAの枠には、確かに「鶏唐揚げ」としか書かれておらずBは空白だ。同行してくれた大男の担当Oは一択だというのに「ラッキーですよ」と喜んでいる。唐揚げが好きなのか。

唐揚げは申請すれば好きなだけ盛ってくれるようだった。基本は三個。私は五個お願いし、担当Oは嬉々として八個もらっていた。途中で参加した新潮文芸きってのお洒落男子は二個だった。小動物か、と思う。

ご飯も皿に大盛りにできる。味噌汁と副菜がつくのだが、副菜がどうも変だ。蒸し野菜なのに、「鰤《ぶり》、南瓜《かぼちゃ》、豚バラ、ちんげん菜、キャベツ、人参、豆腐ｅｔｃ．」と書かれている。間違い探しのような食材が混じっていないか。副菜は取り放題なのだが、山のように盛られた蒸し野菜のすみっこから鯛の頭《かしら》が突きでている。え、鰤じゃないの？悩む私を尻目に新潮社員たちは列を乱すことなく食べたい量を取り、そそくさと各自確保したテーブルへ進んでいく。

辛子色のパイプ椅子に座り、「ねえ、鯛の頭があったよ」と担当Oに言うも「月末ですからねえ」という意味のわからない答えが返ってきた。

二回目は「鶏照焼きor鰤照焼き」の二択だった。どうして、片方を塩焼きにしてくれないのだろう。どうしても照焼きを食べさせたいようだ。ずらりと並んだ中から肉も魚も好きな部位を選べる。ご飯、アオサ味噌汁、挽き肉白菜煮物、そしてまた蒸し野菜。同行してもらった担当K姐《ねえ》さんと天然M嬢が「蒸し野菜ですよ、ついてますね」と口を揃えて言う。いや、二回目なんだけど。ボードに内容が書かれていなかったので見に行くと、今度は大きなボウルにキャベツ、モヤシ、人参、さつま芋、ヤングコーン、葱、豆腐、鱈《たら》などが入っている。なぜか湯豆腐感がある。厨房の方に蒸し野菜観を訊きたくなった。

天然M嬢の朝昼晩ベーグルを二個ずつ食べたら顔がベーグルみたいになったという話と、K姐さんの若かりし日の新宿痛飲話を聞きながら黙々と食べる。この連載をはじめてから、人に会うと暴食話をよく聞くようになった。女性の暴食率が異様に高い。しかも激務の人の割合が高い気がする。暴食暴露会を開催してみたいとよく思う。すっきりするのではないだろうか。

三回目は書店員の子たちと行った。新潮社食に行ったという話をしたら、三人ほど行きたがったからだ。そのうちの一人はかき氷愛好家の書店員Aで、彼女は食いしん坊仲間だ。彼女も私と同じく、いや私以上に延々と食べ続けられる人間で、私がどんなに食べてもひかない数少ない友人である。盛り放題の社食で彼女がどれだけ食べるか密かに楽しみにしていた。

　メニューは「ポークカレーorハヤシライス」だった。それに、焼き野菜とラッシー。あれ、なんだか普通だ。焼き野菜もモヤシに玉ねぎ、キャベツ、人参、ピーマンと焼き野菜らしいものが並んでいる。ドレッシングはバーニャカウダ、ヨーグルトソースなど四種類くらいあり、ちょっとお洒落だ。いつもの自由ぶりがない。どうした、なぜ猫をかぶっている新潮社食よ。

　みんなでテーブルを囲み、お喋りしながら食べた。

　三角形のサンドイッチで見える部分にしか具がないものに当たると、最後は重なったパンのみ食むことになり不幸だという話で盛りあがった。それから岐阜の「明宝《めいほう》ハム」の旨さを熱弁された。いつの間にか食堂は人がまばらになり、デザートが欲しいね、と神楽坂《かぐらざか》のショコラティエにパフェを食べにいった。なんだか、大学生に戻ったみたいだと思った。


　寝る前に日記を書く段になって気づいた。昼ごはんの味をまったく思いだせない。食いしん坊の書店員Aは特に暴食せず、他の子たちの感想も聞いていない。みんなあんなに行きたがっていたのに。あまりに普通だったせいだろうか。しかし、一回目と二回目に行ったときの自分のノートを見ても、味に関してはなにも書かれていない。一緒に食べた人と話した内容くらいしか覚えていない。

まずかったわけではないのだ。では、おいしいかと言われると、「まあ、おいしいかな」というのが正直な感想だ。おいしすぎるものを食べていると会話を忘れる。そういう魔力めいた食べものではないが、なにも考えずぱくぱく食べられる。

記憶に残らない。お喋りの邪魔をしない。でも、栄養があって、お腹がいっぱいになる。大学の食堂で友人たちと食べていたのもそんなごはんだった。毎日通って、働いたり、学んだりする場所の食事はきっとそんなものが相応しいのだろう。

猫と泣き飯

アニメ『千と千尋の神隠し』におにぎりを食べながら泣く有名なシーンがあるが、あんがい泣きながらものを食べた経験のある人は多いようだ。失恋や失敗といった人生の挫折《ざせつ》時、進学や就職で独り立ちしたときなど、苦さや寂しさを噛みしめながら、それでも生きていくために食べるという姿は切ない。ちなみに、最近では韓国映画『タクシー運転手』のおにぎり泣きシーンが秀逸だった。

けれど、私はというと、あまりそういう記憶がない。幼少期に生け簀のある店に連れていかれ、生きた魚が目の前で調理されて、恐怖のあまり泣き叫んだことはある。父に「命を無駄にするな」と叱られ食べたら、非常に美味で「おいしいー」と言いながらまた泣いた。一度泣くと人は強くなる。その後、アフリカに行き、レンジャーが目の前でシマウマやインパラを撃ち殺しても、調理されれば平気で食べるようになった。

嫌なことや挫折がない人生だったわけではない。そんな人間は滅多にいない。しかし、泣くというのは出す行為で、食べるというのは入れる行為だ。両方を同時にするなんて器用だなと他人事のように思う。

一番身近な人間である殿に「泣きながら食べたことある?」と訊くと、「えー、食べるときは食べるし、泣くときは泣くで、別でしょ。涙だからきれいな感じするだけで、排便しながらコーラ飲むみたいなもんじゃない」と言われた。眩暈がするくらい同じ思考回路であった。

つまり「泣き食べ」というのは、食欲も涙腺も我慢できない状況ということだ。そんな切羽詰まった局面は人生にそうそうないだろう。記憶をさかのぼると、ひとつだけ思い当たることがあった。


大学生の頃だった。サークルの後輩が子猫を拾った。しかし、彼は数日後に海外旅行の予定があり、しばらく預かってくれないかと頼まれた。

後輩が慌ただしく置いていった子猫はぼさぼさの毛玉で、段ボール箱に敷いたタオルの上で手足を投げだしていた。自分の表情が曇るのがわかった。まだ自分で毛づくろいができず、香箱を組むこともできない猫。抱きあげる。ぐにゃぐにゃしている。ぴゃーと鳴く。ぼんやりとしたクリーム色の子猫はあまりに小さく、無防備で頼りなかった。

世の猫好きを敵にまわしそうなので弁解するが、私は幼体の未熟さが怖い。それが小動物ならなおさらだ。漫画『動物のお医者さん』で傍若無人の変人獣医師、漆原《うるしはら》教授が「小さいのはコワイよ。ちょっと血が出ただけで死んじゃうからな」と言うシーンがあるが、心から同感する。人間の赤子も同じく怖い。とにかく存在が不安で、可愛いなどと思う余裕がない。早く大きくなって自分の身は自分で守れるようになって欲しい。

おまけに私には猫の飼育経験がなかった。シェパードやローデシアンリッジバックといった大型犬しか飼ったことがない。奴らは子犬の頃から骨格ががっしりしている。手の中の子猫のようにぐにゃぐにゃしていない。

しばらく眺めてみたが、子猫は動きが鈍かった。腹が異様に膨らんでいて、細い四肢では腹の重みに耐えられないようで、立ちあがろうとしてはぷるぷる震えていた。おいおい大丈夫か、とますます不安になる。

突然、子猫が下痢をした。小さな体からは想像もできないような量をぶちまけた。タオルを替え、お尻を拭いてやる。移動のストレスかなと思ったが、しばらくするとまた下痢をする。弱々しい声で訴えるように鳴いている。言葉を喋ることができない小さな生き物と対峙《たいじ》していると不安がどんどん大きくなり、近所の動物病院へと走った。

診断は消化不良だった。後輩が成猫用の餌を与えていたせいで、消化できなかった食べものが溜まって腹がぱんぱんに膨れていたのだ。一度お腹が空っぽになるまで絶食させることを言い渡され、子猫を連れ帰った。

薬と水だけ与えて下痢が治まるのを待った。最初、子猫は寝てばかりだったが、お腹がへこんでくると段ボール箱をでて、私のあとをついてまわるようになった。目をぎらぎらさせて、ひっきりなしに鳴く。言葉なんか通じなくても子猫が空腹なことはわかった。

食べられない生き物の前で自分だけ食べるのがはばかられたので外で食事を済ませ、それ以外の時間はなるべく子猫のそばにいた。子猫は私の姿を認めると鳴き続け、疲れると眠り、目覚めるとまた鳴いた。声が嗄れ、足がふらついても、諦めずに鳴いた。

つらかった。ついつい言われた期限を守らずに餌を与えてしまいそうになる。こんなに小さな体で絶食に耐えられるのかという恐怖もあった。子猫が餓死する夢をみて夜中に何度も起きた。


やっと下痢が止まり、ほぐしたササミと米を煮たものを子猫に与えた。ぐったりしていた子猫は飛び起きて、皿に頭を突っ込んだ。つんのめって顔を汚し、がっついて噎《む》せながらも、子猫は一心に食べた。うにゃうにゃうにゃとなにやら声をあげていた。「落ち着け、落ち着け」と笑いながらも胸が苦しかった。満腹になった子猫が寝てしまうと、冷蔵庫にあるもので簡単に親子丼もどきを作ってどんぶりによそった。

ひとくち食べて、飲み込みにくいと思った。優しいはずの卵の味が鼻につんとして、吸い込む鼻水がしょっぱい。気がついたら涙がこぼれていた。しゃくりあげながらも箸を動かし、子猫を起こさないよう音をたてずに白米をかき込んだ。

自分の掌《てのひら》にのるほどの小さな命が助かったことの安堵《あんど》。そして、あんなにも必死に生きようとしている生命を目《ま》の当たりにした衝撃で、うまく感情を抑えられなくなったのだろう。食べろ、と自分が自分に命令していた。無心で食べろ、と。人以外の生き物はそうやって食べて生きているのだ。涙など流さずに。

元気になった子猫はやんちゃものになった。安心しつつも、距離を置いて接した。情が移るのを恐れたのもあったけれど、力いっぱい抱き締めることもできない小さな命はやはり私の手に余るように感じた。

旅から帰った後輩を叱りつけ、ちゃんと責任を持って飼える人を探させた。二年後、彼から転送されてきた写真にはぴんと背筋の伸びた猫がうつっていた。強い目を美しいと思った。

おかかごはん

小学生の大半を過ごしたアフリカのザンビアは、当たり前のことだが、ザンビア人がたくさんいた。学校はアメリカンスクールだった。そこにはザンビアに住む多種多様な出自の子どもたちが通っていた。アメリカをはじめとしてヨーロッパ圏、イスラム圏、ザンビア以外のアフリカの国々など、肌の色も目の色も髪の色も様々だった。

私が入学したとき、その学校に日本人はいなかった。まず「中国人か？」と訊かれた。おそらくそれは私が吊《つ》り目だったからで、子どもたちは黄色人種で吊り目といえば中国人だという認識しかなかったようだ。私は自分が日本人であることを説明しなければならなかった。

しかし、ここで疑問が生じる。日本人とはなんだ？

日本にいたときは直面しなかった問いだった。国語教師であった母は「日本語でものを考えること」が日本人だと信じていた。なので、アメリカンスクールで日々英語が上達していく私に、日本語で毎日の日記をつけることと、定期的に作文を書いて提出することを求めた。そして、自ら教師として赤ペンを入れた。日本語は好きだった。でも、英語も、ザンビアの人たちが使う部族語も面白かった。私にとって言葉は伝えるためのツールでしかなかった。

アメリカンスクールではときどき自国の料理を持ち寄って、簡単な立食パーティーをすることがあった。はじめてムサカを食べ、美味しさに感動した。ムサカは羊肉を使ったラザニアのようなものだ。ずらりと並ぶ見たこともない家庭料理を眺め、世界にはどれほど多彩な食卓があるのだろうと思った。

まず主食から違う。一番仲が良かったドイツ人のマリーの家に行くとじゃがいも料理がこれでもかとでてきたし、ザンビア人はシマというトウモロコシの粉を練って蒸したものを食べていた。

私たち家族は米だった。立食パーティーにはちらし寿司をだし、学校の昼食にはおにぎりを持参した。米をボールにして海藻（海苔）を巻く、と説明すると奇異の目で見られたので、おにぎりが世界の常識ではないことを理解した。我が家でもパンを食べることはあったし、地元のシマに挑戦したりもしたけれど、やはり食卓には米が戻ってきたし、米が食べたいと思った。

アフリカにいる間、家族で何回かヨーロッパ旅行をした。イタリアの職人がくるくるまわしてから焼く窯《かま》焼きピザは楽しく美味だったし、脳が溶けそうに甘いイギリスのお菓子にうっとりした。けれど、どんなに楽しい旅行でも途中から私は元気をなくした。無気力になりホテルのベッドから動きたくなくなる。食欲もない。

そういうとき、母は携帯用の炊飯器で米を炊いた。米の匂いが部屋にただよいだすと、私はむくりと起きて「食べる」と言った。味噌と梅干しと海苔、そして炊きたての白く輝く米。脱力感は霧散し、ああ、自分は日本人なんだな、と思った。やっぱり米が一番うまい。

日本に戻ってから、用済みになった携帯用炊飯器の内側に白い結晶のようなものがこびりついているのを見つけた。ヨーロッパの硬水のせいでミネラルが付着してしまったようだった。日本とは違う土地だったのだと改めて実感した。

大人になった今でも旅先で外食に疲れると「米」と思う。コンビニのおにぎりでは駄目だ。ほかほかと湯気のたつ米を食べたい。できれば自分で茶碗によそったやつ。

引っ越しをすると米を炊くまで落ち着かない。米の炊ける匂いがただよいはじめてやっと、これからここに住むのだ、という気持ちになれる。米をといで炊くという行為には、大好きな茶を淹れることよりもっと深く、どしりとその場に腰を落ち着かせるなにかがある。あるいは、あのしゅうしゅうと噴きでる水蒸気に精神を安定させる成分が入っているのかもしれない。炊飯アロマとかないだろうか。

食いしん坊の私は食べものを選ぶことが好きだ。毎日、今日はなにを食べようと考えている。自炊も外食も楽しい。根を詰めて原稿を仕上げて、ふらりと夜の空気の中をさまよい歩き、飲食店のカウンターに座り、好きなものを好きなだけ頼む。その自由さを愛している。

けれど、そんな私でも、なにも作りたくない、なにも食べたくないという状態に陥ることもある。これは、極めて危険な状況だ。食べたいものがないという事実は私を絶望させる。食べる喜びが人生の多くを占めているため、自分はなんのために生きているのだろう、と駄目な沼に沈んでいく。

そういうときは米を炊く。とにかく米をといで、炊いて、こんもりと茶碗によそい、削り節をのせて醤油をまわしかける。湯気で揺れる削り節に誘われ、食べる気力がわいてくる。力なく床に横たわっていても、起きあがってちゃんと完食する。ゆえに、「元気がでないよう」と私がぼやくと、殿は「おかかごはん食えよ！」とアンパンマンが自分の顔をちぎってよこすみたいに言う。

たとえ、海外に移住しても、この国が消滅することがあっても、米と削り節だけは失われないで欲しい。パンのない世界でアンパンマンが存在できないように、日本の米文化で育った私は米なしでは生きられない。

今のところ、私が日本人であると実感するのは、米への想いが募ったときだ。炊きたての米と湯気で揺れる削り節。世界で一番平和な景色である。

隠れ食い

中高生の頃、学校生活がつらかった。おやつを自由に食べられないからだ。なにをふざけたことを言うと思うかもしれないが、アフリカで通っていたアメリカンスクールはおやつの時間があった。食べても食べなくても良かったし、授業中に飴を舐めていても注意されることはなかった。

けれど、日本の学校は違う。おやつの時間なんてない。「早弁」なるものをしている子もいたが、私が欲しいのは糖分であり、弁当を早く食べたいわけではなかった。糖分は私のガソリンだ。現に、今も糖分を補給しながらだったら十時間くらいはぶっ通しで小説を書ける。いつでも好きな茶や菓子がそばにある在宅仕事は私にとっては最高の環境だ。

糖分を補給しないと授業なんて頭に入るわけがない。そこで私は鞄に菓子をひそませ、休憩時間にひょいひょいと取りだして食べた。先生に「千早のまわりはいつも甘い匂いがするな」と言われれば「シャンプーですかね」ととぼけ、受験前のピリピリしたクラスメイトに「おやつなんて食べて余裕だね」と嫌味を言われても無視して食べ続けた。余裕じゃないから菓子を食べているのだ。

授業中は菓子でしのげるが、部活動の後はそうはいかない。中学の頃、私は剣道部だった。鹿児島の中学校だったが、やけに武道に力を入れており、練習は激しいものだった。毎日へろへろになって武道館を退出した。みんな菓子パンなどを買い食いしていたが、体は糖分よりもっとダメージ回復に有効な食材を求めていた。それはなにか。肉だ。

そこで私は商店街を通って帰った。肉屋の前で焼いていた焼き鳥を買い、「肉だ、肉だ」と喜んで食べていた。

ちなみに、私にも思春期の恥じらいというものはあった。けれど、それは食とは違うところに存在した。今も昔も食の欲求には素直に従う質だ。だいたい食べる量やもので女性を判断するなんて昔話の『食わず女房』かよ、と思っていた。

そういうわけで、中学生の私は両手に焼き鳥を持ち、もりもり食べながら夕暮れの道を家に向かって歩いていた。すると、妙にゆっくりしたスピードで近づいてくる車がある。運転席の男性と目が合う。ぎょっとした。父だ。

我が家では買い食いが禁止されていた。特に歩き食べは獣の所業とされ、母によって厳しく禁じられていた。まずいやばい怒られる、と焼き鳥を握りしめたまま凍りついた。

しかし、父はにやっと笑うと、車のスピードをあげて行ってしまった。

おそるおそる帰宅すると、父は日課のラジオ英会話を聞いていて、私にも参加するように言った。番組が終わると、仕事部屋に消えた。夕食のときもなにも言わなかった。

そのまま今日《こんにち》まで至る。黙って見逃してくれた恩はどこかで返さねばと思っている。


もう一人、隠れ食いを見逃してくれた人がいる。二十代の前半、フリーター時代に同じカフェで働いていた年上の女性だ。

その人のことは、はじめて見たときから好きだった。佇まいがきれいなのだ。私だけでなく、誰もが否応《いやおう》なく好感を持ってしまう。そういう人だった。バイトスタッフの中では年長で、大人っぽかった。いつも象のような優しい目をして微笑《ほほえ》んでいる。ただ、アフリカ育ちの私は象ほど怒らせて怖い動物はいないと知っていたので、慕いつつもなんとなく距離を取っていた。

ある日のランチタイム、私とその女性Mさんは二人で厨房に入っていた。カフェタイム用のデザートの仕込みをしながらオーダーをこなし、落ち着いたらホールの子にまかないを作る、というのがランチタイムのシフト内容だった。私たちのまかないは仕事が終わってから。だんだん小腹が減ってくる。客足は途絶えず、集中力も切れてくる。

空いた時間があれば自由に試作をしていいカフェだったので、持ち込んでいる食材がたくさんあった。その中から、ひょいとクーベルチュールチョコレートを口にすべり込ませる。製菓用のチョコレートで、ひらべったい碁石のような形状をしていて、舌のくぼみにのせるのに最適だ。おまけに脂肪分が高く、カカオが濃く、うまい。チョコレートと共に疲れが溶けていく。もうひとつ、ぱくり。あとちょっと、ぱくり。とまらない。

ふと、横を見ると、Mさんと目が合った。あ、と口が半びらきになる。Mさんはふふふと笑うと、食器棚の上へ手を伸ばした。小さなガラスボウルにバナナチップ。あらかじめそこに忍ばせていたようだ。あのMさんが！　と驚いていると、バナナチップを一枚ぱくりと口に入れ、唇をもぞもぞさせた。音がたたないように湿らせてからそっと噛んでいたのだろう。私たちは共犯者の笑みを交わし合った。

それ以降、Mさんとシフトに入るときは小さな菓子を持っていった。それを厨房のあちこちに隠し、パスタを作ったり、サラダを盛りつけたり、食器を洗ったりする合間にひょいひょいと口に放り込む。お互い素知らぬふりをして食べた。一緒に帰りながら「ああやって食べるとどうしてなんでもすごくおいしいんだろうね」と話した。

Mさんとはもう十年以上の付き合いになる。いつしか、「Mさん」ではなく「M子」「ちはこ」と呼び合うようになった。隠れ食いが結んだ縁だ。よく一緒にお茶や食事に行くし、毎年、桜の時期は二人で花見をすると決めている。桜が誰より似合う人だ。一緒に旅行ができるのも彼女だけだ。黙っていても苦にならないし、なにか見てしまっても素知らぬ顔をできる関係だからなのだろうと思う。

こっそりする行為を言葉にするのは野暮だ。それを知っている彼女の微笑みは、やはり象のように深いものを内包している。

「海のものと山のもの」

子どもの読む本はおいしそうな食べものがたくさんでてくる。我が家では寝る前に母が読み聞かせをしてくれていたので、本の中の食べものをうっとり想像しながら眠りについた。『ちびくろサンボ』の虎のバターのパンケーキ、『ぐりとぐら』のカステラ、『やまんば山のモッコたち』の山姥餅《やまんばもち》と栗《くり》の蜜煮、『ふしぎなかぎばあさん』シリーズの……思いだすと今でもよだれがこぼれそうだ。

世界の童話や日本の民話も母はよく朗読してくれた。昔の物語ではよく子どもが食の対象になっていた。『ヘンゼルとグレーテル』ではお菓子の家があるにもかかわらず魔女は彼らを肥《ふと》らせて食べようとして、山姥もしょっちゅう子どもを喰らおうとしていた。なぜこんなにも子どもは狙われるのか。『ナルニア国物語』シリーズで氷の女王がターキッシュ・デライトという「甘くてふわふわ」の菓子で子どもを誘惑する。子どもの私は未知の菓子に興奮し、さぞかし美味なのだろうと夢想した。悪い存在が扱う食べもののほうが蠱惑的《こわくてき》でおいしそうだ。だとしたら、悪い奴らが狙う子どもって相当おいしいんじゃないだろうか、と考えて眠れなくなったりしていた。

大人になってトルコ菓子のロクムを食べる機会があり、それがターキッシュ・デライトだと知ったが、長年夢想し続けた味とはちょっと違った。好みもあるだろうが、これではちょっと誘惑されない、と感じた。

あとは『モモ』にでてくるマイスター・ホラの飲むチョコレートと、金のはちみつとバターを塗った金褐色の巻パン。これも長年憧れ続け、ショコラショーをはじめて飲んだときはドキドキしたが、チョコは固形のほうが好みだと思った。パンと蜂蜜とバターも好きだが、『モモ』で読んだときほどの感動を得たことはない。

味覚において現実は物語を超えられないことが多々ある。


どこか現実からは離れた物語ばかりを読んでいたある日、私は『窓ぎわのトットちゃん』に出会った。黒柳徹子《くろやなぎてつこ》さんの子どもの頃の話だ。もちろん子どもの私はそんなことは知らない。ただ、今より昔の、戦争があった時代の「ほんとう」の話だという前書きに目がとまった。戦争の話はいくつか読んでいた。悲しい話だろうか、と読みはじめて、驚いた。

自分がいた。

主人公のトットちゃんは小学校一年生で、いわゆる問題児だった。将来はスパイになりたくて、教室でも窓の外ばかりが気になる。

私と一緒だった。保育園の昼寝の時間には「眠くない」と脱走し、小学校でも窓の外ばかり見て「面白くないんだもん」と授業に参加しない。机がみんな同じ方向を向いているのが気に食わない。私は小学一年生の一学期ですでに日本の学校教育に馴染めていなかった。

でも、トットちゃんは「電車の教室」ことトモエ学園に出会う。電車の校舎も、はじめて会った子どもの話を四時間も聞いてくれる校長先生も、私はすぐに好きになった。

トモエ学園のお弁当の時間が印象的だった。「海のものと山のもの」を持たせてくださいと校長先生は親に言う。それは、おかかときんぴらごぼうでもいいし、梅干しと海苔だけでもいい。生徒たちは講堂で円陣を組んでお弁当を食べる。校長先生はひとりひとりのお弁当を覗き込んで、どれが海でどれが山か訊く。どちらか片方がなければ、校長先生の奥さんが海の鍋か山の鍋からおかずをくれるのだ。

トットちゃんのお弁当にはでんぶが入っていた。トットちゃんと同じく、私もでんぶが海のものだとは知らなかった。まわりの子どもたちが寄ってきてトットちゃんのお弁当を見にきた。トットちゃんは鼻息ででんぶが飛ばないか心配になった。その文章を読んで子どもの私は、わかる、と思った。でんぶ、鼻息で飛ばないか気になるよね、その気持ちすごくわかるよ、と心の中でトットちゃんに話しかけていた。

その表現はリアルだった。見たこともない世界の美味なる食べものよりも、ずっとで、いんぶの質感を感じたたし、主人公の性格も見事に表していた。もちろん、当時はそんなことは考えず、でも「この話はほんとうだ」と思った。そして、私はトットちゃんと一緒に素晴らしいトモエ学園で学校生活を送り、戦争を知り、犬のロッキーを失って泣いた。物語と生きるということを初めて体験したのだった。

本を閉じても、トットちゃんや大好きな校長先生がいた。嫌な給食の時間は、心の中で校長先生が作った替え歌の「よく噛めよ」を歌い、「海のものと山のもの」を探した。嫌なことは嫌と言い続けた。作中で校長先生は言った。「君は、ほんとうは、いい子なんだよ」。理解されず一人でも、悪い子だと思われても自分を失わずにいられたのは、この言葉があったからなのだと思う。

小学一年生の一学期が終わり、私はアフリカへ行きアメリカンスクールに通うことになった。好きな場所に自由に座っていいカラフルな教室を見て、私のトモエ学園だと思った。

近年、小説について、共感できない、という感想をよく見る。まあ、そうだろう。共感なんてそんなに簡単にできるわけがない。小説とは自分の知らない世界や価値観を知るためにあるのだから、それでいい、とも思う。

けれど、無数の本の中でまるで自分の半身のような物語に出会えたら、それは人生を支える宝物のひとつになる。たった一人でいい。私の物語でそんなことを感じてくれる人がいれば、物語に救われた恩を返せると信じている。

Mind your own stomach

この連載をする以前から、ツイッターに菓子や茶や料理の写真を載せている。あまりに食のことばかり呟《つぶや》いているので、私のことを小説家だと思っていないフォロワーもいて、拙著についての呟きより肉やケーキの写真に「いいね」が多くつくと複雑な気分になったりもする。

ツイッターに載せる食べもののルールは、おいしく完食したもの、だ。

外食していると「まずい」と感じることもあるし、「二度と行くか」と思う店も確実にある。自分で淹れた茶も、作った料理も、膨大な失敗作がある。それがあってこその「おいしい」だ。ただ、料理人が作ったものを公衆の面前で批評する立場ではないのでわざわざ書こうとは思わない。

ちょうどこの連載がはじまった頃、出版社のパーティーである業界関係者に「お前、食い過ぎだろー」と言われた。ツイッターを見ているのかな、と思い、その場は流したが、一年ほど経って突然メールが送られてきた。内容はというと、せっかく忠告したのにまだ食べものの写真を載せているのか、というものだった。小説家ならば文章で描写をすべきだとか、あまりに多いので強迫めいたものを感じるなど、長々と書いている。

えーと、どういったご関係でしたっけ？　と自問自答した。肉親でも、恋人でも、友人でもない。いやいや、どういう関係でも、これはない。あえていうならペット扱いか。いや、私、人間だし。こういったタイプの難癖ははじめてだったので少々面食らい、思考があらぬほうへといってしまう。

小説家としての食描写はエッセイや短編でやっている。SNSは見たくなければ見なくていい媒体だ。だいたいSNSを見ているだけで、なぜ忠告するくらいその人を知った気になれるのか。というか、あんたの金で食べているわけでもないのに、人の胃袋に口をだすんじゃねえ。

言いたいことはたくさんあったが、ふと、あることを思いだした。

その男性は以前、私が紹介した寿司屋がひどくまずかったと言ってきた。店を教えてと言われたので教えたのだ。ただ、あくまで私がおいしいと感じた店であり、その人がおいしいと感じるかはその人の自由だ。だから、まずかったと言われても「そうですか」としか言えない。まあ、お前の舌はその程度だと見下したかったのかもしれないが、別に私は美食家でもなんでもない、単に自分の好きなものを好きに食べたいだけなので、それ以降、彼に店を紹介するのはやめた。自分の舌に合う店を自分で探したらいい。

おそらく彼は食を楽しむ気がないのだ。食にかこつけて他人に因縁をつけたいのだろう。こういった忠告人間はときどきいる。食の在り方は様々なので、好きにしたらいいと思うが、食べものに妙な思惑をのせてこないで欲しい。


学校給食を残させないために「アフリカには食事も満足にとれず死んでいく子どもたちがいます」と言われると嫌な気分になった。飢えている子どもがいるのは大きな問題だと思うし、知りたくないと言っているわけではない。知ったらできることもあるだろう。けれど、なぜそれを人が食事をしているときに持ちだすのか。なぜ申し訳ない気分で食事をしなければいけないのか。それは「飢えている可哀《かわい》そうな子ども」を利用して無理やり食べさせようとしているだけだ。おいしいものもまずくなる。

「お百姓さんが汗水垂らして育てた米だから最後のひと粒まで食べなさい」も小さい頃から嫌だった。どんな食べものも誰かが育て、命を奪っているものだ。そこはシンプルに「残さないで食べなさい」で良くないだろうか。では、機械が作っていたら残してもいいのか。そういう情作戦を取られると、ひねくれ者の私は「ほだされるか」と反発してしまう。

とある職場で、「みんなで昼食をとったほうがおいしい」と全員参加のランチを強要されたこともある。私は断って一人で食べていた。すると「会話せずに食べると消化に悪い」など健康面での弊害を挙げて、いかに私の孤独な昼食が良くないか説明された。健康食品詐欺がはじまるのかと思った。私にとってはそのメンバーで食事をするより、休憩しながら一人で食べるほうが心身の健康に良かったし、なにより、他人においしさを決めつけられることが不快だった。みんなで食べておいしいかまずいかは、私が決めることだ。

あとは、おいしいものを食べているときに「もっとおいしいものがある」とグルメ自慢をする人。「じゃあ、そっち食べにいけば、私これ食べてるから」と言いたくなる。馬鹿にするな、そんなことで人は人を尊敬はしない。

料理が好きだと言うと「家庭的でいい」、菓子が好物だというと「女の子っぽい」、二十代の頃はそういうラベリングをされがちだった。うるさい。自分がおいしいものを食べたいから料理をしているわけで、作ってあげたいとは言っていない。発想がずいぶんとおめでたい。菓子道においては、私が甘味をはしごしている様子を見た人はその量にたいていひいていた。人の食スタイルに勝手な幻想を押しつけられても困る。

食べものをまずくするこういったBGMは果てしなく存在する。だから、おいしく食事ができる人に出会うとすごく嬉しい。

みんな同じ外見ではないように、食への姿勢も味覚も人それぞれ違う。胃袋も味覚もその人だけのものだ。食べ過ぎようが、偏食しようが、食べてなにを思おうが、その人の勝手だ。自由という味を堪能する権利が人にはある。

それを侵害しようとする人は一度、胸に手を当てて自分に問いかけてみればいい。本当に相手のことを考えているか。ただ、自分の思い通りに人を動かしてみたいだけじゃないのか。

親切のつもりだとしても、私は勘弁願いたい。

そんな気味の悪い味つけはいらないから。

恩師の蕎麦

昔、病院で医療事務をしていたことがある。診療所にもいたし、大病院にもいた。大病院ではとある外来診療科にいて、朝から夕方まで受付や診察室に立っていた。忙しいときは昼ごはんも立ったままおにぎりを食べていた。

毎日、痛かったり苦しかったりする人々が押し寄せてくる。問診票を書いてもらい、明らかな症状がでている人は看護師や医師に報告して、先に検査を受けてもらったり隔離したりする。私のいた科には医師は八人くらいいたが、病棟の仕事も手術もありいつも人手不足だった。患者の待ち時間がどうしても長くなる。ぐったりしてきた常連さんに「○○さん、最近どうですかー」などと声をかけ、「どうもこうもあらへんわ！」と唾を飛ばして怒ってくれるとほっとした。

医療行為ができない自分の仕事は、一秒でも早くスムーズに患者を医師に診てもらえるようにすることだと思っていた。けれど、医師は激務でみんな疲弊している。一人でも倒れたら、その分、診てもらえる人は減ってしまう。なので、私は自分の科の医師のケアに腐心した。当直日や受け持ち入院患者数を常に把握し、電子カルテを見て前日の晩に病棟からの呼び出しがあった医師にはあまり患者さんをまわさないようにしたり、診療中に疲れが見えてきたら甘いものを差し入れたりしていた。役に立っていたかはわからないけれど、科の医師たちも病院も好きだった。

医師たちの中でも飛びぬけて甘党だったのは「怒りの入院食」で書いたO部長で、「死んだら棺桶にあんこを詰めてくれ」が口癖だった。暴君として名高い人でもあった。O部長の診察室は受付の後ろだったので、あれこれ訴える患者に「人の話を聞きなさい！」と怒鳴るO部長の声がしょっちゅう後頭部を震わせていた。検査科からの結果が遅いと、止めても怒鳴り込みに行ってしまう。あんなにも誰かれ構わず叱りつける人間を知らない。

看護師たちは青ざめ、O部長とは目も合わせられない人もいた。院内が電子カルテになったとき、師長は「これで、O部長にカルテを投げつけられないで済む」と苦笑していた。ちなみに、O部長は電子カルテの習得が遅かった。診察室から「どうなっとるんや、これ！」と怒号が飛んでくると、「はいはい、教えてあげますね」と恩に着せた。「屈辱や」とふてくされていた。

そんなO部長は手術が生きがいで、手術も診察もない日は「先生」と呼ばれることを嫌がった。廊下で会って声をかけると「先生ちがう、今日の僕はただのおっさんや」と背中を丸めて逃げていった。他科や病棟と小競り合いをしても、患者についての愚痴は聞いたことがない。

業種が違うのでO部長に仕事のことで教わったことは少ない。けれど、常にプロであろうとする気概は学ばせてもらった。O部長はよく食事にも連れていってくれた。食事のマナーに厳しく、親以外で食べ方を注意してくれた人はO部長以外にはいなかった。食を愛する人だった。それは病院でも変わらず、たまに食堂に行っては「○科の部長が目の前で音たてて食べよって、僕の楽しみにしとったオムライスが台無しになったわ！」と怒りながら帰ってきた。「よくまあ、部長になれましたね」と言うと、「揉めた奴はいつの間にかいなくなっとるからな」と恐ろしい冗談を言って笑っていた。

小説家になったとき、O部長は万年筆をくれた。象牙色の美しい万年筆だった。サイン本を渡すと「古本屋に売れなくなるやろ」と憎まれ口を叩いていた。

今でもときどき電話がかかってきては「元気にやっとるか」と訊いてくる。「元気です」と答える。まだ、ちゃんと書いています。

一年に数回一緒に食事をする。七十を越えたが、まだ現役で手術をし、「昨日な、百十キロの患者やってんけど、三センチで済む内視鏡の傷が六センチになったわ」などと、それは一般的な食事のマナー的にどうなのかというような話をしている。私は気にならないが。

先月、そのO部長が蕎麦を持ってやってきた。蕎麦道場に通っていて、自分で打ったと言う。丁寧に包装されていて、茹で方まで書いてあり、几帳面《きちょうめん》な人だったことを思いだした。

大鍋にたっぷり湯をわかし、ざる蕎麦にして殿と食べた。香りが良く、すごく美味しかった。四人前を二人でぺろりと食べてしまった。白濁した茹で汁も蕎麦湯にして飲んだ。とろとろしていて、少しも嫌な臭いがなく、やっぱり市販の乾麺とは違うねと言い合った。

わざわざ電話するのも気恥ずかしかったので、メールで「おいしかったです」と伝えた。O部長はせっかちなので、いままで用があるときはほとんど電話だった。

その夜、「昨日は楽しい時間をありがとうございました」と丁寧な返事がきた。一瞬、誰？　と思ってしまう。蕎麦に関しても「暑くなったから、そのぶん美味しく感じたのかもしれませんね」と謙遜《けんそん》していた。メールの文面と本人とのあまりの違いに驚愕《きょうがく》した。

本当の姿はどちらかなんてわからないし、決めることに意味もないけれど、情に厚い優しい人間だと知っている。飲んでいるときに私が悩んだり疑問に思ったりしたことを話すと、「おかしいと思ったことはどんどん声をあげていけばええんや」といつも肯定してくれる。きっとO部長も病院ではそうしていたのだろう。問題意識を持つことを忘れない人だった。

「あんな繊細な味は知らなかったです」と打って、送らずに消した。

暑さのせいなんかではなく、信頼している人が作ってくれたものだからよりおいしいのだ。あんがい謙虚なO部長は一生気がつかないだろう。

茄子肌

高校生のとき、修学旅行で京都を歩いて「ここに住もう」と決めた。初めて自分で選んだ街だったからとても愛着がある。もう人生の半分を京都で過ごしているし、すっかり京都の味に馴染んでしまっている。たぬきうどんはあんかけで、ところてんは黒蜜だ。正直、観光シーズンはバスに乗れないし、税金は高いし、京都人は裏が読めないし、よって町内会が恐ろしいなど、住んでいればいろいろある。けれど、京都をでたいと思うほどの理由にはならない。たったひとつを除いては。

それは夏の暑さだ。毎年、京都の夏を体験するたびに「もう引っ越そう」と心から思う。「アフリカに住んでいたんだから暑さには強いでしょう」とよく言われるが、私のいたザンビアはサバンナ気候で乾燥していたので、乾季でも、昼の日差しは強いが夜は寒いくらいだった。京都は盆地特有の蒸し風呂のような暑さで、吸い込む空気で肺までも暑くなる。臓器にくる暑さだ。冬は冬で底冷えし、骨にくる寒さなのだが、着込めばなんとかなる。けれど、夏は脱ぐにも限界があるし、臓器すら暑いのだからもうどうしようもない。冷房を一日中つけると体がだるくなる。仕方がないので額と首筋に冷却ジェルシートを貼り、暑さで異音をだしているノートパソコンの下に保冷剤を敷いて、接触面を極力減らすために爪の先でキーボードを打つ。

汗をかくのが嫌で嫌で、夏は動きがゆっくりになるような人間なので、もちろん夏らしいことなどしない。夏が過ぎるのをじっと待つ。腹を壊しやすいので、冷たいものもあまり食べない。お茶類は季節を問わずホットで淹れている。はっきり言って夏はいらない。夏生まれだが、夏への愛着がほとんどない。

夏の幸せを感じる時間は一日の終わり、風呂からあがってジンをグレープフルーツジュースで割ったものを一杯だけ飲むときだ。ドライヤーでまた汗をかく……とぐったりしながらも束《つか》の間《ま》の涼を得る。

もうひとつは茄子だ。夏は茄子がおいしい。丸々とした水茄子のぬか漬けを指で裂いたり、贅沢にかぶりついたりして、冷酒を飲むのは夏の楽しみだ。水茄子は果物だと断言できる。賀茂《かも》茄子の田楽もいい。八百屋で大量に茄子を買い、刻んでだしを作ったり、ラタトゥイユを仕込んだり、挽肉とトマトとカレーにしたり、揚げて辛味をきかせた南蛮漬けにしたり、チーズと大葉を挟んで天麩羅《てんぷら》にしたりする。焼き茄子におろし生姜をのせてさっぱり食べるのも夏の定番だ。先月、台湾風の香味だれをかけた蒸し白茄子を食べ、我が家の茄子メニューがひとつ増えた。あと、夏にもっとも作るのは豚バラとインゲンと生姜と一緒に茄子をくたくたに煮たもので、素麺のつけだれにする。茄子がなくては夏が越せない。

茄子で忘れられないのは、三年前の初夏に水族館に行ったときのこと。生物を眺めるのは小さい頃から好きなのだが、その中でもイルカは特別だ。どれくらい好きかというと、イルカショーの間ずっと泣いているくらい好きだ。嬉しいとか悲しいとかではなく、イルカが生きて動いている姿を見ているだけで感動のあまり涙がとまらなくなる。子どもたちがジャンプに歓声をあげている中で、いい歳をした大人が無言でだらだらと涙を流しているのはかなり薄気味悪いことはわかっているから水族館は殿としか行かない。

ちなみにイルカは大好きだが、イルカグッズにはまったく興味がない。デフォルメされたイルカはもうイルカではない。ラッセンのイルカですら「私のイルカじゃない」という気分になる。現実のイルカが好きすぎて、誰かの目を通したイルカが受け入れられないのだ。こんな風になる生き物はイルカだけだ。

その日も涙のイルカショー（私だけ）が終わったあと、ステージに誰もいなくなるまで動けずにいた。水槽に近づくと、イルカが寄ってきて三角の口をぱっかりとあけ、ショーでもらった小魚を見せてくれた。見せびらかしたいのかもしれないし、単に食欲がないだけかもしれない。イルカの真意はわからない。けれど、イルカはつるつるときれいでまた涙がでた。どんなに好きでも、この水の生き物と生きていくことはないのだろう。私とイルカを隔てる厚いガラスにしんみりした。

めそめそしていると、ブラシを持った水族館の方がやってきて、もう今日のショーは終わりだと言った。立ち去りがたく思っていると、少しだけイルカの説明をしてくれた。イルカを眺めながら「イルカってどんな肌触りなんですか?」と尋ねると、「茄子ですね」と思いがけない答えが返ってきた。「茄子」「はい、茄子っぽいです。きゅっきゅっるつるしています」。てっきりサメ肌かと思っていた。「イルカは茄子……」とつぶやきながら水族館を後にした。

それから、茄子を調理するときにきまってイルカが浮かぶようになった。黒い目をきらきらさせて水面から顔をだしている。洗った茄子をしばらく撫で、ちょっと頰ずりしてみたらヘタの細かな棘《とげ》がこめかみに刺さった。包丁を当てると皮と刃がこすれてときどき「きゅう」と鳴る。それがイルカの声に思えて、背筋がひやっとする。

それでも茄子は好きだ。茄子のない夏はとても困る。イルカへの愛と茄子欲の狭間《はざま》で冷や汗を流しながら、この夏もざくざく茄子を切っている。

食べちゃいたい

この本は十ヶ月にわたって毎週連載してきたエッセイをまとめたものだ。しかも毎回「食」というテーマで。あまりエッセイの仕事を受けてこなかった私にははじめてのことで、うんうんがんばったな、という気持ちで読み返してみて気がついた。

色気がない……。性愛めいた話がまるでない。

これが小説ならば、食に絡めた性的なシーンを書くことは多々ある。それなのにエッセイになった瞬間、ただただ好きなものを暴食しているだけでエロスの片鱗《へんりん》すら感じられない。これはもう少し掘り下げてみるべき問題なのではないだろうか。

なぜこんなことを考えてしまったかと言うと、赤坂憲雄《あかさかのりお》さんの『性食考』という本を読んだせいだ。食べること、交わること、殺すこと、それらにまつわる人間の営みや文化を、膨大な文献とフィールドワークをもとに考察している。ひとつひとつのエピソードが印象的で、豊潤な思考の海に溺れるような本だった。

冒頭に芥川龍之介《あくたがわりゅうのすけ》が書いた恋文の引用がある。「この頃ボクは文ちゃんがお菓子なら頭から食べてしまひたい位可愛いい気がします」。えええ！　とのけぞった。あの気難しい顔をした文豪がそんなこと思うの!?　食べちゃいたいくらい可愛いって、なにそれ、食べたらなくなっちゃうじゃない！　と愕然とした。

要するに私は比喩すら理解できない唐変木なのだ。色恋めいた艶っぽいエッセイが書けないはずだ、と思った。

愛おしさあまって「食べちゃいたい」という感覚は長年の謎だ。性的な欲望を食欲に置き換えて表現しているのだとはわかるが、頭では理解できても心や体で実感できたことがない。どちらかというとレクター博士の「無礼者は喰ってやる」という気持ちのほうがまだわかる。食べるということは切り刻み、咀嚼し、ある程度消化した上で排泄する行為なのだから、愛する者にしたくはない。

大好きな漫画に清水玲子《しみずれいこ》さんの『22XX』という近未来SFものがあるが、主人公が関わる部族は食人をする。けれど、それは命を次の命へと繋げるためで、彼らにとっては誰からも食べられないということは孤独な恐ろしい罰になる。その感覚もなんとなくわかった。カマキリの雌が産卵のために雄を食べるような感じだろう。

料理人である殿に「人を食べてみたいと思ったことはあるか」と訊いてみた。「うーん、人間は整髪料や香水とかつけてボディシャンプーや石鹼で体を洗っているから、正直ろくな味の肉じゃないだろうな。まあ、使えるとしたら産まれたての赤子くらいかな」と、レクター博士よりも身も蓋もない意見が返ってきた。まるで性にも愛にもたどり着かない。

恋多き女性とお酒を飲んでいると恋愛話になることがよくある。ほうほうふむふむと興味津々で聞く。聞いていると、食いしん坊の恋愛猛者たちの食傾向と恋愛傾向は似ているところがあるように感じる。

例えば、ちょっと気になった異性がいれば「とりあえずスナック菓子程度につまんじゃう」とのたもうた人は、恋愛に対する垣根が低く、食に対してもあまり偏見がなかった。つまりは、だいたいなんでもおいしくいただいてしまう。

わりと恋に溺れてしまう傾向のある人は、自分の食傾向を「同じものを食べ続けて、ある日とつぜん飽きる」と話していた。

あまり恋愛に興味がない人もいて、彼女は食にも強い執着はなく「蕎麦とか寿司とか粋《いき》で品のいいものを少しだけ食べたい」とさらりと言った。

逆に食への姿勢を恋愛に置き換えてみることもできる。食エッセイの大家、平松洋子《ひらまつようこ》さんのエッセイに「飲み食いは、相手（店とか味とかサービスとか）に『もっともと』を求めるより、自分を上手にあしらうほうがイイコトに出逢える早道。」という一文があるが、これを恋愛に置き換えると、高望みして希望ばかり押しつけるより相手のいいところを探すほうが愉しい恋愛ができるという素晴らしいアドバイスに思えてくる。恋愛も食も「おいしく」味わうには人生を愉しむ才能が必要だと思う。

ちなみに、こういう女性の食トークを書いたら男性が震えあがらないだろうか、と担当T嬢に相談したら、「その手の男はなに書いてもしょっちゅう震えるので放っておけばいいですよ」と潔い返答だった。

自分の食傾向はどうなのか、と考えてみると、たびたび暴食はするものの、基本的には至高の味を極めたいという欲が強い。チョコレートが好きと感じたら最高のチョコレートを探し続け、じゃがいもが実家から送られてくれば、この品種の一番おいしい料理方法はなにかと調べてみる。分子ガストロノミーなど新しい調理法を耳にすると試してみたくなるし、弥生時代の甑《こしき》で蒸した米はどんな味だったのだろうと気になる。日々の食事も茶もどうすれば少しでもおいしくなるかを考えている。美味に対して欲深い。

けれど、食べたいと思わなければ食べない。食べたいと思うときに食べなくては、美味は遠ざかってしまうからだ。空腹だからといって手近なもので済ませてしまうことはあまりない。人生で食事できる回数は限られているのだから、いいかげんに食を扱ってはもったいないと思うのだ。かなり貪欲だ。

なんとなく『ヘンゼルとグレーテル』の魔女が思い浮かぶ。お菓子の家があるにもかかわらず、子どもを肥らせてから食べようとした魔女だ。子どもの頃からこの魔女にはとても共感できた。魔女はお菓子より子どもが食べたかったのだろう。せっかく食べたいものを食べられるのだから、より美味しい状態にまで育ててから食べたいと思うのは自然なことだ。とても人間らしい。家畜や作物を育てて食べるのは人間しかしない行動なのだから。

しかし、この「育てて食べる」を恋愛に置き換えてみると、なんとも変態めいた背徳感がただよってしまう。『源氏物語』における光源氏《ひかるげんじ》の紫《むらさき》の上《うえ》へ対する処遇を彷彿とさせる。はじめて読んだときからいけ好かないと思っていた男と自分の願望が近いなんて、げんなりとして食欲が失せてくる。自分にまるで好感が持てない。芥川龍之介のほうがまだ健康的じゃないか。

まさか、美味を極めたい欲がこんな恋愛観に結びつくとは思わなかった。把握しているつもりの食欲にも、まだまだ自分が気づいていない側面があるのかもしれない。

おわりに

あとがきにかえて、担当T嬢のことを書こうと思う。

T嬢は私が小説家としてデビューしたときの単行本担当だった。出会ったとき、彼女は大学をでたばかりの新入社員だったが、その落ち着きと貫禄《かんろく》は十年目くらいのベテランに見えた。初めての本、そして二冊目の本も彼女が作ってくれた。デビュー作の『魚神』は泉鏡花文学賞をいただき、彼女には授賞式や講演会の付き添いをしてもらった。

T嬢といえばカレーだった。登壇の時間が迫り、緊張で吐きそうになっている私の横で彼女はカレーをもりもり食っていた。祝賀会などがはじまったら食べられなくなるからだと思っていたが、取材と取材の間の空き時間でも喫茶店のカレーを貪っていた。「カレーって外れがないですし」と言っていたが、おそらく好きなのだろう。

そして、酒豪。ただし、飲む分だけちゃんとでろでろに酔う。いつもはきりっとしているのに、酔うと完全に三枚目になる。オーセンティックなバーで「絶対にみんな鼻くそ食べたことありますよ！」と譲らなくなったりする。心の中で「鼻くそペロリちゃん」と呼んでいる。

T嬢とは一度離れた。彼女がプライベートな事情で仕事を辞めたからだ。

担当を離れたときの彼女の言葉は生涯忘れないと思う。その頃、私は連載の仕事の忙しさにかまけて書き下ろしの約束をずるずると延ばしていた。別れを悲しむ私に彼女は言った。

「だから言ったじゃないですか。ずっと一緒にはいられないって!」

自分は会社員だからという意味だったのだとは思う。

けれど、自分の甘さを突かれた気がした。風呂場にこもって泣いた。恥ずかしかった。その後も彼女とはプライベートで会っていた。一緒に酒も飲んだし、おいしいものを食べにも行った。けれど、どこかに「もっと一緒に仕事がしたかった」という気持ちがこびりついていた。

数年後、彼女は戻ってきた。そして、忘れずに声をかけてくれた。相変わらず私の嫌がることを嬉々として提案してくる。本音を言うと、最初はエッセイも尻込みしていた。物語ならば客観視ができるが、自分のことを書いても知っていることばかりなのでなにも面白くない。面白いと思えないものを人に読ませられない。不安で仕方がなかった。

でも、私の性格や好みをよく知っているT嬢のチェックは的確だった。書きすぎれば「自己防衛で説明過多になっています」と指摘が入ったし、血の味と書けば「千早さん、血の味好きですよね。もっと描写しませんか？」と見抜かれた。頑固な私に辛抱強く説明してくれる。「偏屈でいいですね！」「うける！」など褒めているんだか、けなしているんだかわからない書き込みだらけだったが、決してぶれない彼女がいるから、私は伸び伸びと好き放題に書けた。

打ち合わせがてら食事をすると、出会った頃と酒の飲み方が変わっていることに気づいた。お互い控えめになったし、果物を使った可愛いカクテルなんか頼んでしまう。もう空き時間にカレーを貪ることもなくなったT嬢が「我々も変わりましたね」と悪くない顔で言った。先日、連載終了の打ち上げをしたときも、たらふく寿司を食べたあと、飲みにも行かず深夜のファミレスでパフェを食べながらだらだら喋った。十年近くの付き合いではじめてのことだった。

長い付き合いになると一周まわって学生時代みたいになるのかもしれない。彼女とは仕事で知り合ったはずなのに。そんなことを考えながら帰った。

『わるい食べもの』は毎週更新のWEB連載だった。文芸誌とは違い、反応が見えやすくて面白かったし、その反応に対して打ち返すかたちで書くこともあった。お題募集もして、自分では思いつかないテーマで書くこともできた（やはりT嬢が選んだお題には悩まされた）。今しか書けない内容になったと思う。

本書にはたくさんの人が登場する。本当は身近な人のことを文章にするのは怖い。文字にすると終わってしまう気がするから。

けれど、終わらなくても、変わる。食べものが一瞬の輝きを持っているように、人との関係も変化していく。それは恐れることではないのだと彼女が教えてくれた気がする。

老いて、硬いものを食べられないようになった頃に読んだら、さぞ勇ましく感じるだろうなと楽しく想像している。

おわりに、のつづき（『わるい食べもの』文庫化によせて）

『わるい食べもの』は2018年の師走に刊行された、私の初エッセイ集だ。

今、この文章を書いているのは2022年の正月、ちょうど文庫化にあたっての初校ゲラを読み終えたところ。丸三年、経っている。連載期間を含めると四年だ。

正直、ゲラを読むのが恐ろしかった。「おわりに」で変化は恐れることではないとT嬢が教えてくれた気がする、などと書いているくせに、やはり自分自身の変化を目の当たりにするのは怖かった。物語とは違い、随筆の書き手は歳をとるのだ。丸三年の間に私は不惑を迎え、住み慣れた京都を離れて東京で一人暮らしをはじめた。傍にいる人も変わったし、もう会わなくなってしまった登場人物も、コロナ禍でなくなってしまった飲食店もある。撤回したいことや羞恥に身悶《みもだ》えるようなことが書かれているかもしれない。昔の日記を読むように恐る恐るゲラをめくった。

自分ではない自分がいた。情景や街の匂い、味、感情は確かに知っているものだけど、文字をつむいでいる自分は今の自分とは違う。それがなんだか新鮮だった。これは蕪《かぶ》だ、と思った。

　最近、蕪にはまっている。元旦から蕪を干していたくらいだ。葉を切り落とし皮のまま半切りにした蕪を風通しの良いところで二日、三日干して焼くと大変にうまいのだ。塩とオリーブオイルだけで無限に食べられる気がする。干しただけで、と侮るなかれ。担当T嬢の蕪嫌いの息子が無我夢中で食べたそうだ。蕪のサラダもいい。薄切りにした蕪を、洋風にするならモッツァレラチーズとお好みのハーブとレモン汁とオリーブオイルと塩でさっと和えるだけ、中華風にするなら湯葉とクレソンと胡麻油と塩で。もちろん塩もみにしても、甘酢漬けにしても、煮てもいい。どれも違って、それぞれの滋味深さがある。蕪の葉っぱはじゃこと炒《いた》めて佃煮にすれば、ごはんがどんどん進む。主役にはなれないが、蕪いいな！　と蕪にかまけている。

　話が逸れたが、エッセイも蕪のように調理法で変わる。年齢によって好みの味つけも変化するだろう。けれど、干そうが煮ようが生食しようが、蕪が蕪であることは変わらない。現在の私とは違っても、そのとき感じて文字にしたことは嘘ではない。

　もちろん、変わらないこともある。担当T嬢は今も担当として、三シーズン目の「こりずに　わるい食べもの」を毎月ビシバシと添削しているし（本当に懲りない）、私は今年も「とらや」の小形羊羹《ようかん》の干支パッケージにめろめろで、正月から「サロン・デュ・ショコラ」戦線の準備に余念がない。嬉しい変化もある。新たにパフェという麗しい世界に魅せられ、愛するバー「月読」は再開した。この『わるい食べもの』の頃よりは偏屈も和らいだ気がする。気のせいかもしれないが。

ただ、このエッセイを続けるための根っこはまったく変わらない。それどころか、日々、むくむくと育っている。それこそ、土の中の蕪のように。

今日も私は食べたいものを食べている。自分の口に入れるものを自分で選択できることに、胸を震わせている。その自由の味が、まだまだ楽しくてたまらない。

対談　千早茜×北澤平祐

千早　いつも『わるい食べもの』の絵をありがとうございます。普段は編集者の担当T嬢が間に入っていて、私は直接、北澤さんとやりとりをすることはないので、今日は楽しみにしてきました。

北澤　楽しい会ですね。

千早　今日はT嬢はおりませんしね、ふふふ、言いたい放題。

北澤　Tさんの話ばっかりになっちゃうかもしれませんね。

千早　「わるたべ」の挿絵の依頼はどんな感じできたんですか。

北澤　最初にTさんとお会いしたのは二〇一六年、かな。食べ物系のエッセイの挿絵をお願いしたいですと言っていただいて。絵はとにかく、やりたい放題やってくださいと言われました。

　そのとき不勉強で、千早さんのほかの作品の装画がこんなに全部美しいとは知らなかったんです。いまだに千早さんのほかの小説の作品の装画を見ると、イメージを壊しちゃったような、ちょっと申し訳ない気持ちになるときがあります。

千早　確かに、小説の装画の雰囲気とはかなり違いますね。でも、いい意味で小説とエッセイの色分けができて、ありがたいです。

私は装画にはとてもこだわっていて、写真でも絵でも、だいたい編集さんと一緒に選ぶんです。デザイナーさんを誰にするかも相談します。「わるたべ」でも、何人かイラストレーターさん候補をT嬢にだしたんですが、T嬢に全員はねのけられてしまって。

北澤　そのとき挙げた方たちは、もうちょっときれいな絵を描かれるというか。

千早　エッセイに自信がなかったので、ちょっとおしゃれな生活雑誌に載ってそうな、モノクロの線だけで描かれたイラストを挙げました。

北澤　いや、でも絶対そっちですよね、普通は。

千早　でもそうしたら、T嬢に「いや、面白くない」と言われました。「千早さんは自分が思っているより文章に癖があるから、もうちょっとぶつかり合うような絵のほうがいいと思う、北澤さんがいい」と言うんです。

北澤さんの絵ってとても個性が強いので、無理だよ、絵に負けるよって答えたんですが、「全然大丈夫です」と押し切られて。ご依頼したら受けてくださって、今に至ります。「わるたべ」の連載が二〇一七年十一月からなので、もう五年前なんですね。あっという間。

北澤　もう五、六年前だ。まさかこんなに長いつき合いになるとは思わずな感じでした。Tさん、もともと自分のこと、どこで知ってくださったんでしょうね。

千早　「わるたべ」をはじめる少し前に刊行された津村記久子《つむらきくこ》さんの『浮遊霊ブラジル』の装画がとても印象的だったんです。あの作品、私もT嬢もすごく好きで語っていたので、そこかもしれないですね。

北澤　『浮遊霊ブラジル』の装画で、うどんが空飛んでいるのを描いていたから。

イラストの仕事って二種類あって、熟考して何個もアイデアを考え、寝かせておいてから描く場合と、ゲラなどを読んだ後、フレッシュなうちにすぐ描く場合があるんですが、「わるたべ」は絶対に後者だというのは最初から思っていました。

千早　最初からですか。

北澤　ええ。千早さんの文章の持つパワーに対して、熟考すると私のほうが迷いが出てしまうし、飲み込まれてしまうと思ったので、読みながら思いついたアイデアをすぐ描いて、ほとんどの場合は第一アイデアをそのまま最後まで持っていっている感じですね。

千早　私は私で北澤さんの絵に負けてしまうかもと思っていたので、なんだか面白いですね。最初にいただいたのは「はじめに」のヤギの絵でした。スプーンが空を飛んでいる。

北澤　Tさんには、とにかく変な感じで大丈夫です、非現実的で大丈夫です、って。

千早　ひどくないですか。変な感じでって（笑）。

北澤　でも、やっぱりヤギの絵だけは、今見るとすごく遠慮している感はあります。

千早　この絵を見たときは、あ、かわいい、と思いました。でも、このかわいい感じでいくのかなと思ったら、だんだん……。

北澤　次が卵（「生きている卵」）ですよね。この卵の入れ物って、Tさんが千早さんにプレゼントされたんでしたっけ。

千早　そうですね。ネーデルラント美術展のお土産のエッグスタンドです。実際はこんなにかわいくなくて、すごく気持ち悪い（笑）。

北澤　実物の写真を見せていただいて描いたほうがいいですかってお聞きしたら、そこは空想でというお返事で。ここでもう一段階好き放題のほうに絵が進んでいったというか、リアルなものを描かなくていいんだと思いましたね。

千早　私はイラストレーターさんの解釈や想像が入った絵のほうがわくわくするので楽しくなってきました。そして次が、地獄のカレーパン（「カレーパン征服」）。もう全然かわいくなくなった（笑）。

北澤　どこまで押せるのかなと毎回やっていたような気がします。徐々に徐々に黒が多くなっていって。そしてその次の「果物を狩るけもの」で「けものちゃん」が初めて出てきますね。

千早　けものちゃんが来たときに、私の中で「わるたべ」のイメージが固まりました。

やっぱりまだエッセイに苦手意識があって、自分だけど自分ではない自分を書くことに抵抗があったので、キャラクター化したことで少し離れて見られるようになったんですね。食の自由を謳歌する孤高の獣、というように。けものちゃんはどうしてでてきたんですか。

北澤　最初は本当にエッセイを読んだまま描いていて、まさかこんなにキャラクターになるとは全く思わなかったんです。ただ、次も続けてけものちゃんを描いたんですよね。

千早　そうです。次が「暴食野郎」ですよね。

北澤　二回目に出すときにキャラクターとしてちょっとしたルールを決めたんです。けものちゃんは絶対前を向かないで、全て横向きであるという。昔ＭＴＶでやっていた『Beavis and Butt-Head』というアニメのキャラへのオマージュなのですが。

千早　けものちゃんは服がいつもすごいかわいいんですよね。スナック菓子柄のスカートとか、レモンの輪切りの襟とか、欲しくてたまらない。

北澤　洋菓子のフランセのお仕事をしている中で、パターンものを結構いっぱい描いている時期だったので、その影響もあるのかもしれません。

千早　なるほど。けものちゃんって名前はいつ決まったんでしたっけ。

北澤　この話のタイトルが「果物を狩るけもの」だったので、そこでけものちゃんに。

千早　その後、ツイッターでもずっとけものちゃんって呼ぶようになりましたね。

私のツイッターは、「わるたべ」の宣伝のために食べものの写真をのせているんです。北澤さんに許可をいただいて、初代けものちゃんをツイッターのアイコンにして。でも宣伝だけするのもあんまりいい感じがしないし、ふだんの御飯とかも載せつつ、割合としてはふだんの御飯五ぐらいで、宣伝一ぐらいにしようと思ったのが、最近は多分二十と一ぐらいにという感じになってます（笑）。「わるたべ」が終わったらツイッターもやめるつもりだったのに、まったく終わらなくて第三シーズンに突入してしまいました。

北澤　「わるたべ」の呪いみたいですね。

千早　小説とイメージが違う、っていう人もいるんですが、私は初代けものちゃんをツイッターのアイコンにしているので、こういう、果物は手づかみ！　というノリがお好きな人だけ見てという気持ちですね。

北澤　ちょっと踏み絵的な感じなのですね！　そういう意味でいうと、タイトルに「わるい」って入っていることで、私は少し楽になれています。

千早　悪くていいんだという。

北澤　はい。悪いって本当にいい言葉だと思っていて、やりたい放題に対する免罪符になっています。

千早　タイトルはT嬢が決めました。第二シーズンの「しつこく」も、いま連載中の「こりずに」も。容赦ない……と思いましたが、あんがい悪い言葉に救われてますね。描いてて楽しかった絵はありますか。

北澤　好きなのは、ドアを切っているやつ（「なますにしてやる」）かな。絶対ほかでは描けない、「わるたべ」でしか描けなそうな絵なので。

千早　玄関ドアの鍵が閉まっちゃって入れなくなった話ですよね。業者さんに来てもらってやっと入れて、ストレスのあまりめちゃくちゃ千切りをするという。

北澤　そうだ、それを合わせ技で描いたんでした。

千早　すごい発想力ですよね。

北澤　多分これもじっくり考えてしまうと、そんな絵はないなと思って描かなかったと思うので、瞬発力勝負の「わるたべ」ならではですね。

千早　瞬間的に考えると、後から思い返して、え、何でこんなことしちゃったんだってことありますよね。

北澤　今もなってました。何でドアなんだろうって（笑）。

千早　予想外で面白いです。「溶けない氷」で描いていただいた腸が私はすごく好きで。「わるたべ」イベントの際に、けものちゃんと共にチロルチョコにして来場者に

「これ、私の腸なんですよ」と配っていました。

北澤　腸も他であまり描くことないですね。たしか「わるたべ」のイベントのときに、千早さんがちょっとだけ恥ずかしかったとおっしゃっていたような気が。

千早　内臓を描かれるという経験はあまりないので。でも、ピンクできれいなんですよ。

北澤　これ、お腹壊したりする話でしたよね。

千早　腹を下すとか戻すとかって尾籠《びろう》な話なので、挿絵を描く側は困るだろうなと思っていたら腸だったという。これはかき氷が腸を攻撃しているんですよね。

北澤　そうなんです。悪いやつらなんです。

千早　毎回どんな絵がくるか楽しみです。「猫と泣き飯」のときの涙が丼の模様になって、涙をふくハンカチが猫の模様になってと、北澤さんの挿絵って、そのままの情景をスケッチみたいに描くんじゃなくて、模様とか柄に取込んでいくというのも面白いですね。何回か見て、あ、あそこにあれがある、と気づいたり。

北澤　隠しみたいなのが。

千早　あるから、すごく読み解きがあって面白いんですよね。個展を見に行くと何回も行ったり来たりしてしまう。

北澤　うれしい、そこまで見ていただけるのはありがたいです。逆に、千早さんはどんな感じで書いてらっしゃるんですか。お題とかは、千早さんのほうで決めるんですか。

千早　はい、最初は好きに書いていって中盤くらいでT嬢が、各話のジャンルというか内容を箇条書きしたものを持ってきてくれます。

北澤　全体的なバランスをとっていくわけですね。

千早　そうです。例えば、今回はまだ子供の頃の話ないよねとか、東京の食事についてもうちょっと触れてほしいとかリクエストされます。あんまり言うこと聞きませんが（笑）。

北澤　確かにリアルタイムで書きたいことも出てきますもんね。「わるたべ」でも文章の直しとかは入るものなんですか。

千早　「わるたべ」はめちゃくちゃ文章の直しが入るんですよ。小説より多いくらい。普通、エッセイはあまり指摘とか直しは入らないんです。でも、私、元々エッセイが苦手だったんですね。「わるたべ」もT嬢にエッセイを連載しましょうと誘われて、最初すごく嫌だ、無理だと言いながら始めたんですが、本当に慣れてないから、めちゃくちゃ堅苦しくなってしまって、それに対してT嬢が、「堅いです。武装解除してください」とか指摘してきて。

北澤　もっと砕けた方向でみたいな。

千早　性格的に砕けられない（笑）。結局、偏屈爺キャラとしての面白さを生かすほうに誘導されました。

北澤　食べ物の描写は頭の中で記憶しておいたものを書いているんですか。それとも写真を見ながら書いたり？

千早　写真はあまり。取材ノートをつけていて、食べ歩きなんかもこまかく書いています。エッセイにするときも、そのとおりに書くんですが、T嬢には、この説明は長いから要らないとか、正しさよりも印象的なところにフォーカスを当てて書けばいいからって言われるんです。でも私は嘘をつきたくないんですよ。それで最初すごくもめました。しかも、そんなことを言っていたくせに、「コーヒーは苦手と言っているのにここでカフェオレを飲んでいるじゃないですか」とか指摘を入れてくるんですよ。（笑）

北澤　そこは気にするんだ。（笑）

千早　T嬢が、ここ、紅茶に替えましょうよと言ってきて、私は、いや、紅茶はそこでは飲んでないからって拒否して、すごくもめました。

北澤　それは最終的にどっちが勝ったんですか。

千早　これは尾道のひとり旅のときの話で……【モーニングセットを頼んだ。あたたかい飲み物を時間をかけて……】。あたたかい飲み物って（笑）

北澤　二人とも譲らなかった感じ（笑）。落語みたいなオチですね。

千早　ほんと二人とも頑固。T嬢は「千早さんは頑固ですよ」っていっつも言うけど、あなたもでしょうって思います。

北澤　面白いですね。「わるたべ」って、そう考えるとほんとにT嬢の手のひらの上で我々が踊らされている感じがしますね。(笑)

千早　T嬢ありきの「わるたべ」です。(笑)

北澤　こうやって見ると、やっぱり初代けものちゃんが一番凛としている感じがします。どんどんキャラ化してますもんね。

千早　たまに顔が違うんですよね。それは北澤さんの精神状態がでるんですか。それとも文章の内容から?

北澤　両方かな。

千早　「茄子肌」とかは、かわいいですね。

北澤　ナスのやつは恐らく、ちょっと遠くにいるから、毛並みをあまり描かなかったんですね。ちょっとイルカみたいにするっとしている感じになっていますね。

千早　今回はどんどん描き込みがすごくなっていて、こんなにお忙しいのに……て思っているんですが。

北澤　実はもう一つのルールとして、「わるたべ」の絵は一日で絶対描き上げるということをやっていて、描き込みが増えたのは、最近のほうが手が早くなったからかもしれないですね。

千早　へえ、一日で描く。

北澤　和田誠《わだまこと》さんが『週刊文春』の表紙を毎週水曜日に一日で描くというのをインタビューでおっしゃっていて、毎週決まった時間に決まったものを描くことが大切なのかなと思い、ちょっと真似してみました。

千早　他のお仕事でも結構ルールを決めているんですか。

北澤　連載ものだとある程度のルールは決めるんですが、でも「わるたべ」が一番、ルールで雁字搦《がんじがら》めにしている感じがしますね。多分、ある程度「わるたべ」はルールを決めないと、千早さんに飲み込まれるというのもあるかも。

千早　私もパワーアップしていく北澤ワールドに負けるかという気持ちで書いてますよ（笑）。そういえば、シリーズものは初めてですか。

北澤　装画とかでは結構あるんですけど、挿絵はもしかすると初めて。ここまで長く続いているのは初めてかもしれない。

千早　おお、それは。

北澤　まさかこんなに長いつき合いになるとは思わずな感じで。

千早　私もまさかシリーズ化するとは全く思わなかったです。今回の第三シーズンで終わりかと思っていたんですが、T嬢に「誰が終わりだなんて言いました。だいたい、これでラストならそういうタイトルにしますよ」とすっぱり言われてしまって。

北澤　第十シーズンとかいきそうな感じですよね。カバーは食卓のイメージですが、そこも楽しみです。一巻目は洋で二巻目は和だったので、三巻目は中華かな。

千早　中華、いいですね。三巻目は何色になるんでしょう。

北澤　デザイナーさんと話していたのは、赤か緑かなと。緑はおいしそうかもしれない。中華だと真ん中に回るテーブルも描けますね。

千早　楽しみです。いつかアフタヌーンティーも見てみたいです。

北澤　それも綺麗でいいですね。そしてどんどん続けていって、十巻目のときはお祝いで金色にしましょう！（笑）

千早　十巻！　気が遠くなります……がんばろう。

本書は二〇一八年十二月、ホーム社より刊行されました。

初出
ホーム社文芸図書WEBサイト「HB」(https://hb.homesha.co.jp/)
二〇一七年十一月～二〇一八年八月掲載
※「怪鳥のクリスマス」「Mind your own stomach」は単行本書き下ろし

千早茜の本

しつこく
わるい食べもの

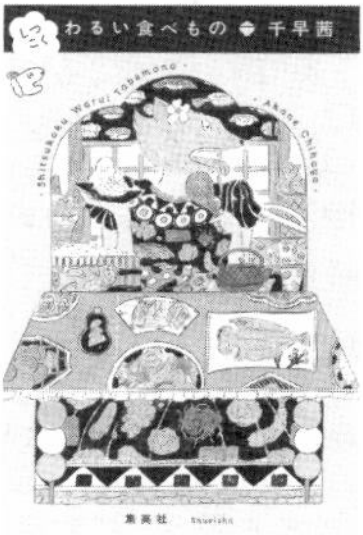

偏屈でめんどくさい食いしん坊作家の自由な日常は、否応なくコロナ禍に侵食されていく。それでも——。あなたとわたしの欲望を肯定する、力強い応援歌。

ホーム社文芸単行本

集英社文庫

わるい食《た》べもの

2022年３月25日　第１刷
2023年12月17日　第３刷

定価はカバーに表示してあります。

著　者　千早《ちはや》　茜《あかね》
発行者　樋口尚也
発行所　株式会社　集英社
東京都千代田区一ツ橋2-5-10　〒101-8050
電話　【編集部】03-3230-6095
【読者係】03-3230-6080
【販売部】03-3230-6393（書店専用）
印　刷　大日本印刷株式会社
製　本　大日本印刷株式会社

フォーマットデザイン　アリヤマデザインストア　　マークデザイン　居山浩二

本書の一部あるいは全部を無断で複写・複製することは、法律で認められた場合を除き、著作権の侵害となります。また、業者など、読者本人以外による本書のデジタル化は、いかなる場合でも一切認められませんのでご注意下さい。

造本には十分注意しておりますが、印刷・製本など製造上の不備がありましたら、お手数ですが小社「読者係」までご連絡下さい。古書店、フリマアプリ、オークションサイト等で入手されたものは対応いたしかねますのでご了承下さい。

© Akane Chihaya 2022　Printed in Japan
ISBN978-4-08-744363-9 C0195